목화밭의 고독 속에서

Dans la Solitude des Champs de Coton

DANS LA SOLITUDE DES CHAMPS DE COTON
LA NUIT JUSTE AVANT LES FORÊTS
by Bernard-Marie Koltès

세계문학전집 124

목화밭의 고독 속에서

Dans la Solitude des Champs de Coton

베르나르마리 콜테스

임수현 옮김

민음사

차례

목화밭의 고독 속에서

딜(deal)이란 금지되거나 엄격하게 통제되는 가치들을 취급하는 상거래이며, 원래는 그런 용도로 사용되지 않는 중립적이고 불특정한 공간에서, 공급자와 애원하는 자 사이의 암묵적 합의에 의해 체결된다. 이는 또한 약속된 신호들과 이중의 의미를 지닌 대화를 통해——이러한 거래가 야기할 수 있는 배신과 사기의 위험을 피하기 위함이다——그리고 공식적인 상가들의 정해진 영업시간과는 무관하게 낮과 밤의 아무 시간에나, 그러나 주로 상가들이 문을 닫을 무렵에 이루어진다.

딜러   당신이 이 시간에 이런 동네를 돌아다니는
이유는 당신이 갖고 있지 않은 무언가를 원
하기 때문입니다. 그리고 난 그걸 당신에게
제공해 줄 수 있지요. 난 이곳에 당신보다
오래전부터 있었고, 앞으로도 오랫동안 머물
것이며, 인간들과 동물들 간의 난폭한 관계
가 이루어지는 이 시간조차 나를 쫓아내지는
못하니까요. 나는 내 앞을 스쳐 지나가는 욕
망을 만족시키는 데 필요한 것을 가지고 있

습니다. 그건 내가 인간이건 짐승이건 내 앞을 스쳐 가는 그 무엇에게 덜어내야만 하는 짐과도 같은 것입니다.

내가 당신에게 다가가는 것은 바로 그 때문입니다. 평소대로라면 인간과 짐승이 난폭하게 서로를 덮칠 시간임에도 불구하고, 난 이렇게 당신에게 다가갑니다. 두 팔을 활짝 벌리고, 손바닥을 당신에게 향한 채, 사려는 사람을 마주한 팔려는 사람의 겸손함으로, 욕망하는 사람을 마주한 소유한 사람의 겸손함으로 말입니다. 그리고 마치 황혼 녘에 건물 위의 창문에 불이 켜지는 것을 보듯, 나는 당신의 욕망을 봅니다. 황혼이 이 첫 번째 불빛에 부드럽고 공손하게, 그리고 다정스럽기까지 할 정도로 다가가듯, 저 아래 거리에서 인간과 짐승이 서로의 줄을 잡아당기고 거칠게 이빨을 드러내도록 내버려둔 채, 나는 당신에게 다가갑니다.

그건 당신이 원하는 것을 내가 미리 짐작했기 때문도, 내가 그걸 알아내려고 서두르기 때문도 아닙니다. 무언가를 사고자 하는 사람의 욕망은 더할 나위 없이 쓸쓸한 것이어서, 그걸 지켜볼 때는 이제 곧 밝혀지려고 하는, 하지만 밝히는 데 시간이 걸리는 작은 비밀을 대하듯 해야 하니까요. 마치 포장된 선물을 풀어 보는 데 시간이 걸리는 것처럼 말입니다. 하지만 내가 당신에게 다가가는 이유는, 모든 인간이나 짐승이 이 어둠의 시간에 원할 수 있는 모든 것을, 그래서 짐승과 인간의 불만에 찬 으르렁거리는 소리에도 불구하고 그들로 하여금 집을 나서게 한 그것들을, 이곳에 있게 된 이후로 나 역시 욕망하게 되었기 때문입니다. 바로 이러한 까닭으로, 마치 창녀가 되기 전의 고상한 처녀처럼 아직도 신비로움을 유지하고 있는 불안한 구매자보다 내가 더 잘 알고 있는 것입니다. 당신이 내게 요구할 것을 내가 이미 갖고 있다는 사실을 말입니다. 그러니 요구하는 자와 제공하는 자 사이의 이 명백히 불평등한 관계에 상처받지 말고, 당신은 그저 내게 요구하기만 하면 됩니다.

왜냐하면 이 땅 위의 진정한 부당함이란 오직 이 땅 자체의 부당함뿐이기 때문입니다. 추위나 더위로 인해 메마르기만 할 뿐, 추위와 더위가 부드럽게 섞여 풍요로워지는 일은 아주 드문, 그런 부당함 말입니다. 똑같은 추위나 똑같은 더위, 혹은 똑같은 부드러운 뒤섞임이 지배하는 대지 위를 걷는 사람에게는 부당함이란 없겠지요. 그리고 다른 사람이나 다른 동물의 눈을 똑바로 바라볼 수 있는 모든 사람 혹은 동물은 서로 동등합니다. 그들은 가늘고 평평한, 같은 위도의 선 위를 걷고 있으니까요. 똑같은 추위와 똑같은 더위, 똑같은 부유함과 똑같은 가난함의 노예

들이란 말입니다. 유일하게 존재하는 경계란 사는 자와 파는 자 사이의 경계뿐이지만, 이 둘의 욕망과 그 대상은 모두 들쑥날쑥하기에 그저 불확실할 뿐입니다. 그래도 인간이나 동물들 사이에서 암컷이나 수컷으로 구분되는 것보다는 덜 부당하지요. 내가 잠시 겸손함을 가장하고 당신에게 거만함을 건네주는 것은 바로 이 때문입니다. 당신과 내게 어쩔 수 없이 똑같이 주어진 이 시간에, 당신과 나를 구분하기 위해서란 말이지요.

그러니 우수에 잠긴 순결한 자여, 인간과 짐승 들이 소리 없이 으르렁대고 있는 이 시간에 당신이 욕망하는 것을, 그리고 내가 당신에게 무엇을 줄 수 있는지를 내게 말해 주오. 그러면 나는 부드럽게, 아니 거의 존경에 가까운 마음으로, 아마도 애정까지도 담아서 그것을 당신에게 주겠습니다. 그리고 우리 안의 움푹한 곳을 메우고 봉우리들을 평평하게 만든 후에는, 가늘고 평평한 선 위에서 평형을 이룬 상태로, 우리는 서로 멀어져갈 것입니다. 인간인 것이 불만인 인간들과 짐승인 것이 불만인 짐승들 사이에서 만족을 느끼면서 말입니다. 하지만 내게 당신의 욕망을 알아맞히라고 요구하지는 마십시오. 그러면 나는, 내가 여기 존재하기 시작한 이래로 내 앞을 지나쳐 간 사람들을 만족시키기 위해 내가 가지고 있었던 모든 것들을 열거해야만 할 테니까요. 그러는 데 걸리는 시간은 내 마음을 메마르게 할 것이며, 아마도 당신의 희망을 지치게 할 것입니다.

손님 나는 어떤 특정한 장소와 시간 속을 걷고 있는 게 아닙니다. 단지 개인적인 일 때문에 한 지점에서 다른 지점으로 움직이며 걸어가고 있을 뿐이지요. 그 일들은 이동하는 도중이 아닌 각 지점에서 처리되는 것들입니다. 나는 어떠한 황혼 빛도, 어떤 종류의 욕망도 알지 못합니다. 내 여정에서 일어난 사건들을 무시하길 바랄 뿐이죠. 나는 내 뒤, 저 위쪽에 보이는 불 켜진 창으로부터 저 아래, 내 앞에 있는 또 다른 불 켜진 창을 향해 가는 중이었습니다. 그 두 지점을 잇는 직선은 당신을 가로지르게 되어 있더군요. 당신이 거기에 당당하게 자리 잡고 있으니까요. 어떤 높이에서 다른 높이의 지점으로 옮겨 가는 사람은, 나중에 다시 올라가게 되더라도 처음에 한 번은 내려가지 않을 수 없습니다. 서로를 무의미하게 만드는 이 두 움직임이 터무니없더라도 말입니다. 그러는 동안 발걸음을 옮길 때마다 창밖으로 내던져진 오물들을 밟게 될 위험도 있지요. 높은 곳에 살수록 그 공간은 더욱 신성하지만, 그만큼 아래로 떨어지기도 어려운 법입니다. 그리고 엘리베이터가 당신을 아래쪽에 내려놓는다면 당신은 저 위에서는 원하지 않았던 모든 것

들, 썩어가는 기억 더미 한가운데를 걸어가
야만 할 것입니다. 마치 식당에서 종업원이
당신에게 계산서를 내밀면서 당신이 이미
오래전에 소화시켜 버린 모든 음식 이름을
당신 귀에 대고 역겹게 나열할 때처럼 말입
니다.

어둠이 더욱 짙어야 했을지도, 그래서 당신
의 얼굴에서 아무것도 알아보지 못했어야 했
을지도 모르겠습니다. 그랬다면 나는 어쩌면
당신이라는 존재의 정당성에 대해, 그리고
당신이 내가 지나는 길에 자리 잡기 위해 비
켜선 것에 대해 착각했을지도 모르지요. 그
리고 이번엔 내 쪽에서, 당신과 어우러질 수
있도록 비켜섰을지도 모를 일입니다. 하지만
어떤 어둠이, 자신보다 덜 어둡게 당신을 드
러내줄 수 있을까요? 당신이 그렇게 돌아다
니는 한은, 달 없는 밤도 대낮처럼 밝게만
보입니다. 그리고 정오의 시간은, 당신을 이

곳에 데려다 놓은 것이 엘리베이터의 우연한 장난이 아니라는 것을 분명히 보여줍니다. 그건 당신만이 지닌 절대적인 중력의 법칙 때문입니다. 당신이 눈에 띄게, 마치 배낭처럼 어깨에 메고 있는, 그리고 당신이 한숨을 쉬며 건물들의 높이를 가늠하고 있는 이 시간, 이 장소에 당신을 붙들어 놓고 있는 그 법칙 말입니다.

나의 욕망으로 말하자면, 내가 이런 황혼의 어둠 속에서, 꼬리조차도 보이지 않는 동물들이 으르렁거리는 이곳에서 기억해 낼 수 있는 욕망이 있기나 한 걸까요. 당신이 겸손함을 내던지고, 내게 거만함이라는 선물을 주지 않기를 바라는 확실한 욕망을 제외한다면 말입니다. 왜냐하면 난 거만함에 대해서는 일종의 약점을 갖고 있는 데다가, 겸손함은 내 것이건 남의 것이건 증오하기까지 하거든요. 그래서 당신이 제시한 그 교환이 마음에 들지 않습니다. 내가 원하는 것을 당신은 절대 가질 수 없을 겁니다. 나의 욕망은 ─ 만약 무엇이라도 존재한다면, 그래서 내가 그것을 당신에게 표현한다면 ─ 당신의 얼굴을 태워버릴 것이고, 당신이 비명을 지르며 손을 거둬들이게 만들 것이고, 꼬리가 보이지 않을 정도로 잽싸게 뛰어가는 개처럼 당신을 어둠 속으로 숨게 만들 것입니다. 그러니 천만의 말씀, 이 장소와 이 시간의 혼돈은 내가 기억할 수 있는 어떤 욕망이 있었다 하더라도 잊어버리게 만들었을 겁니다. 아니, 내겐 당신에게 제안할 것도, 욕망도 없습니다. 그러니 당신은 이제 내가 손을 쓰지 않도록 길에서 비켜서야 할 것이며, 내가 따라가던 궤도로부터 벗어나 사라져야만 할 것입니다. 왜냐하면 어둠이 다가오고 있는 이 건물의 저 위쪽에 있는 불빛이 여전히 흔들리지 않고 타오르고 있으니까요. 불붙은

성냥이 그것을 덮어버리려 하는 헝겊에 구멍을 뚫어버리듯, 그 빛은 어둠을 꿰뚫고 있습니다.

딜러 내가 그 어디에서도 내려가지 않을 것이고 또 위로 올라갈 의향 또한 조금도 없다는 당신의 생각은 맞습니다. 하지만 내가 그걸 유감스러워하리라고 생각했다면 당신은 틀렸습니다. 난 개가 물을 피하듯 엘리베이터를 피합니다. 그건 엘리베이터가 내게 문을 열어주지 않아서도, 또 내가 그 안에 갇히는 걸 끔찍하게 싫어해서도 아닙니다. 움직이는 엘리베이터가 나를 간질여서 나로 하여금 품위를 잃어버리게 만들기 때문이지요. 설사 내가 간질임 당하는 걸 좋아한다 하더라도, 나의 품위 유지에 필요하다면 그런 느낌을 자제하기를 바라겠죠. 엘리베이터도 일종의 마약과 같아서, 과용한 사람을 올라가지도 내려가지도 않는, 공중에 떠다니는 것 같은 상

19

태로 만들어버립니다. 곡선을 직선으로 보이게도 하고, 불을 중심에서부터 얼려버리기도 하면서 말입니다. 하지만 나는 이곳에 자리 잡게 된 후부터 저 멀리 유리창 뒤에서 피어나는 불꽃들을 알아볼 수 있게 되었습니다. 겨울의 황혼처럼 얼어붙은 듯 보이지만 천천히, 어쩌면 다정하게 다가가기만 한다면, 절대로 차가운 빛이 아니라는 사실을 기억해낼 수 있지요. 내 목적은 당신을 꺼트리는 게 아니라 당신의 바람막이가 되는 것이며, 이 시간의 습기를 불꽃의 열기로 말리고자 하는 것입니다.

왜냐하면, 당신이 뭐라 하건, 당신이 예전에 그 위를 걷고 있었던 직선이 당신이 나를 알아본 순간 꼬여버렸기 때문입니다. 그리고 나는 당신의 길이 곡선으로 변한 바로 그 순간에 의해 당신이 나를 알아본 순간을 포착한 것입니다. 그 곡선은 나로부터 멀어지기 위한 곡선이 아니라 당신을 내게로 가까이 오게 하기 위한 곡선이었습니다. 그렇지 않았다면 우리는 결코 서로 만나지 못했을 테고 당신은 내게서 더욱 멀어져갔을 겁니다. 왜냐하면 당신은 한 지점에서 다른 지점으로 이동하는 사람의 속도로 걷고 있었으니까요. 난 절대 당신을 따라잡을 수 없었을 겁니다. 난 천천히, 조용히, 거의 움직임 없이 이동할 뿐이니까요. 한 곳에서 다른 곳으로 가는 게 아니라 늘 같은 장소에 서서 자기 앞을 지나가는 사람을 주시하며 그가 조금이라도 코스를 바꾸길 기다리는 자의 태도로 말입니다. 내가 당신이 커브를 틀었다고 말한다면 당신은 아마도 나를 피하기 위해 비켜선 거라고 주장할 것이고, 그러면 나는 또 그건 내게 다가오기 위한 움직임이었다고 말하겠지만, 어쩌면 이 모든 건 결국 당신이 전혀 우회하지 않았고, 모든 직선이 상대적으로 평면에서만 존재하기 때문인지도 모릅니다. 우리는 별개의 두 평면을 따라 움직이고 있고, 결국 중요한 건 당신이 나를 바라보았고 내가 그 눈길을 포착했다는 사실뿐이겠죠. 어쩌면 그 반대일지도 모르고요. 그렇기 때문에 이제껏 당신이 그 위에서 움직여왔던 절대적인 선은 이제 상대적이고 복합적이며 직선도 곡선도 아닌, 치명적인 것이 되어버린 겁니다.

손님　그렇다 해도, 나는 당신을 만족시켜 줄 만한 불법적인 욕망들을 갖고 있지 않습니다. 나의 거래는 공인된 낮 시간에, 전깃불로 밝혀진 공인된 영업장소에서 이루어지니까요. 어쩌면 나는 창녀일지도 모르지만, 만약 내가 창녀라 해도 나의 매음굴은 이곳이 아닙니다. 나의 공간은 합법적인 빛 아래 드러나 있고, 법에 정해진 대로 저녁이면 문을 닫고, 환한 전깃불로 밝혀져 있지요. 태양 빛조차도 완전히 믿을 수 없고 때로는 교태를 부리기도 하니까요. 어느 한구석에라도 공인된 합법적인 소인이 붙어 있지 않은 곳은 한 발자국도 디디지 않으려 하는 사람에게, 당신은 대체 뭘 원하는 겁니까? 그러니 내가 도중에, 기다리며, 대기하며, 이동하며, 규직과 삶을 벗어나, 임시로, 사실상 부재 상태에서, 말하자면 없는 듯이 여기 있게 된 것은——비행기로 대서양을 건너는 사람이 어느 시점에 그린란드에 있다고 말할 수 있을까요? 그가 정말 그곳에 있기는 한 걸까요? 아니면 출렁이는 바다 한가운데 있는 걸까요?——그리고 내가 출발한 지점에서 내가 가려는 지점까지를 이어주는 직선이 어떤 이유로도 갑자기 휘어질 이유가 없었음에도 불구하고 내가 비켜선 이유는, 당신이 내 길을 막고 있기 때문입니다. 비합법적인 의도들과 그것을 토대로 한 나에 대한 억측들을 가득

지니고서 말이죠. 하지만 당신은 알아야 합니다. 비합법적인 의도보다, 아니 비합법적인 행위 자체보다도 세상에서 나를 가장 역겹게 하는 것은, 아무 거리낌 없이 나에 대해 비합법적인 의도들로 가득 찬 억측을 하는 자의 시선이라는 사실을 말입니다. 산의 급류를 탁하게 할 정도로 흐릿하기만 한 당신의 시선, 한 잔 물의 바닥에서부터 다시 진창을 끌어 올리는 당신의 시선 때문만은 아닙니다. 내게 쏟아지는 그 시선의 무게만으로도 내 안의 순결함은 갑자기 더럽혀지고 무고함이 죄의식으로 바뀌며, 빛나는 한 지점에서 빛나는 다른 지점으로 나를 인도해야 할 직선이 내가 길 잃은 이 어두운 땅에서 당신 때문에 구부러지고 어두운 미로로 변해 버리기 때문입니다.

딜러 당신은 나의 말(馬)이 흥분해서 날뛰게 하려고 그놈의 안장 밑으로 가시를 밀어 넣으려

하는군요. 하지만 내 말이 신경질적이고 때
론 고분고분하지 않다 해도 내가 그놈의 고
삐를 바짝 잡고 있는 한 그리 쉽게 날뛰지는
못할 것입니다. 가시 하나는 무슨 면도날이
아닌 데다가, 그놈은 자기 가죽의 두께를 잘
알고 있어서 그 정도 간지러움에는 적응할
수 있으니까요. 하지만 말이란 놈의 이런저
런 기분을 완전히 아는 사람이 과연 있을까
요? 그놈들은 옆구리에 꽂힌 바늘은 곧잘 참
아내다가도, 때론 마구 밑에 먼지만 들어가
도 뒷발질을 하고 제자리를 뱅뱅 돌아서 기
수를 떨어뜨리곤 하지요.

그러니 당신은 알아야 합니다. 내가 이 시간
에 이렇게 부드럽게, 어쩌면 아직까지는 예
의를 갖추며 당신에게 말을 건넨다 해도 나
는 당신과는 다르다는 사실을 말입니다. 힘
의 관계로 보더라도, 당신을 겁먹은 사람처
럼 보이게 만드는 언어를 보더라도 그렇지

요. 아버지에게 따귀를 맞을까 봐 겁내는 아이 같은, 예민하고 어리석고 너무나 눈에 훤히 보이는 그런 작은 두려움 말입니다. 나는 남들이 이해할 수 없는 언어를 사용합니다. 인간들은 줄을 잡아당기고 돼지들은 울타리에 머리를 처박는, 이 땅과 이 시간의 언어 말입니다. 마치 종마가 암말에게 달려들지 못하도록 고삐를 매어놓듯, 난 내 혀를 붙들어 둡니다. 만약 내가 고삐를 풀면, 손가락과 팔의 힘을 조금이라도 늦추면, 나의 언어는 사막의 냄새를 맡은 아랍 말처럼 맹렬하게 지평선을 향해 달려 나갈 것이고 그러면 아무것도 그걸 막을 수 없을 테니까요.

그래서 나는 당신을 알지도 못하면서 첫 마디부터 당신을 깍듯하게 대한 겁니다. 당신을 향해 다가간 첫 걸음 또한 깍듯하고, 겸허하고, 존경을 담은 것이었지요. 당신의 그 어떤 점이 존경받을 만한 가치가 있는지도

모르는 채, 또 우리 둘을 비교했을 때 내게
겸손함을, 당신에게 거만함을 부여할 만한
그 무엇이 있는지도 알지 못한 채, 우리가
서로를 향해 다가간 이 황혼의 시간 때문에
나는 당신에게 거만함을 건네주었습니다. 당
신이 내게 다가온 이 황혼의 시간은 의무여
서가 아니라 필요하기 때문에 예의를 갖추는
시간이며, 오직 어둠 속의 야만적인 관계만
이 의무인 시간이니까요. 난 초의 불꽃을 덮
어버리는 헝겊처럼 당신에게 덤벼들 수도 있
었고, 또 느닷없이 당신의 옷깃을 움켜잡을
수도 있었습니다. 내가 당신에게 베푸는, 그
리고 당신과 나를 이어주는, 필요하긴 하지
만 근거는 없는 이런 예의를 갖추는 까닭은
마치 장화로 기름종이를 뭉개버리듯 내가 당
신을 거만하게 짓밟아 버릴 수도 있기 때문
인지도 모릅니다. 우리 둘을 가장 분명하게
구분해 주는 덩치의 차이로 인해——그리고

이 시간과 이 장소에서는 오직 덩치만이 차이를 만드는 탓에——우리 둘 다 누가 장화이고 누가 기름종이인지 알고 있다는 걸 내가 알기 때문이지요.

손님 비록 내가 당신을 바라보기는 했지만, 사실은 그러지 않기를 바랐었다는 걸 당신은 알아야 합니다. 시선이란 이리저리 떠돌다가 자리를 잡으면 스스로 중립적이고 자유로운 곳에 있다고 믿기 마련입니다. 꽃밭의 벌처럼, 초원의 울타리 안에 있는 암소의 주둥이처럼 말입니다. 하지만 그 시선으로 뭘 할 수 있을까요? 나는 하늘을 바라보면 회상에 젖고, 땅에 시선을 고정시키면 슬퍼집니다. 무언가를 잃어버리고 아쉬워하는 것과 그 무엇을 갖지조차 못했음을 회상하는 것은 모두 똑같이 고통스러운 일입니다. 그러니 발이 잠시 머물게 된 위치가 어디건 간에, 그 높이에서 자기 앞을 똑바로 바라봐야만 합니

다. 내가 좀 전에 걸었던 곳, 그리고 지금
멈춰 서 있는 곳을 걸을 때 나의 시선이 조
만간 나와 같은 높이에 멈춰 있거나 걷고 있
는 모든 것들과 마주칠 수밖에 없는 것은 바
로 그러한 이치 때문이지요. 그런데 거리와
원근법 때문에 모든 인간과 모든 짐승이 일
시적으로, 또 대략적으로 지금 나와 같은 높
이에 있군요. 결국 당신과 나를 구분 짓는
유일한 차이점은, 혹은 당신 말대로 유일한
불평등함은 한쪽이 다른 한쪽으로부터 폭력
을 당할지도 모른다는 막연한 두려움을 가지
고 있다는 사실일지도 모릅니다. 그리고 유
일한 공통점, 혹은 당신 말대로 유일한 평등
함은 그런 두려움을 어느 정도 공유하고 있
는지, 그리고 그런 폭력이 앞으로 얼마나 현
실화될지, 또 그 폭력의 강도가 얼마나 될지
를 양쪽 다 모르고 있다는 사실이겠지요.
그러니 법도 전기도 미치지 않는 이 불법적

이고 어두운 시간과 공간에서, 인간과 짐승들 사이에서 이루어지는 일반적인 관계를 되풀이하는 것 외에는 아무것도 하지 맙시다. 짐승과 인간에 대한 증오로 인해 내가 법과 전깃불을 선호하는 것은 바로 그런 이유 때문입니다. 모든 자연의 빛과 걸러지지 않은 공기, 그리고 인위적으로 조절되지 않은 각 계절의 온도가 세상을 위험하게 만든다고 내가 믿는 데에는 다 그럴 만한 이유가 있습니다. 자연적인 요소들 안에는 평화도 법칙도 전혀 찾아볼 수 없고, 불법적인 거래에는 거래가 존재하지 않기 때문입니다. 팔 물건도 살 물건도, 사용할 수 있는 화폐와 가격 체계도 없는 위험과 도주와 협박, 그리고 밤중에 서로 접근하는 인간들의 어둠, 그 어둠만이 존재할 뿐입니다. 당신이 내게 다가온 것은 결국 나를 때리고 싶었기 때문이지요. 그리고 왜 나를 때리고 싶은 거냐고 물었을 때 당신이 뭐라고 대답할지 나는 알고 있습니다. 그것이 당신만의 비밀이라고, 나는 알 필요가 없노라고 당신은 대답하겠지요. 그러니 난 당신에게 아무것도 묻지 않겠습니다. 지붕에서 떨어져 당신의 머리를 깨뜨리는 기와에게 이유를 묻던가요? 난 꽃을 잘못 골라 앉은 벌이고, 전기 울타리 너머로 풀을 뜯어 먹으려 했던 암소의 주둥이입니다. 그러니 입을 다물거나 도망치거나, 터무니없는 이유들과 불법적인 행위들과 어둠을 후회하고 기다리며 나름대로 최선을 다해 볼 뿐인 것입니다.

난 마치 짐승들의 배설물과 같은 신비로움이 흐르는 외양간의 도랑에 발을 디딘 겁니다. 이러한 당신의 신비와 어둠으로부터, 두 사람이 만나면 누구든 늘 공격하는 쪽을 택하고 싶어 하는 법칙이 생겨난 거죠. 그리고 어쩌면 이 시간과 장소에서는, 눈이 마주친

모든 인간과 짐승에게 다가가 그를 때리고
이렇게 말해야 할지도 모릅니다. 당신이 나
는 절대 알 필요가 없다고 생각하는 어떤 터
무니없고 비밀스러운 이유 때문에 나를 때릴
마음을 갖고 있었는지는 잘 모르겠지만, 어
쨌거나 난 내가 먼저 그 일을 하고 싶었고,
이러한 나의 이유는 터무니없을지는 몰라도
적어도 비밀스러운 것은 아니라오. 당신의
존재와 나의 존재, 그리고 우연히 부딪친 우
리의 눈길로 인해 당신이 나를 먼저 때릴 가
능성도 있으니까요. 그래서 난 깨진 머리보
다는 떨어지는 기와가 되기를, 암소 주둥이
보다는 전기 울타리가 되기를 원했던 겁니
다, 라고 말이죠.

당신이 무엇인지 밝히길 거부하는, 그리고
내가 어떤 방법으로도 짐작할 수 없는 신비
스럽기 이를 데 없는 물건들을 갖고 있는 상
인이고, 또 나는 스스로도 알지 못하는 비밀

스럽기 이를 데 없는 욕망을 지니고 있어서
그걸 스스로 확인하려면 피가 날 때까지 딱
지를 긁어대듯 추억을 파내야만 하는 구매자
라는 게 사실이라면, 만약 그렇다면, 당신은
왜 그 물건들을 계속 감추고 있는 겁니까?
내가 이렇게 멈춰 서서, 여기 머물며, 기다
리고 있는데 말입니다. 당신은 마치 당신이
어깨에 메고 있는 봉인된 가방 안에 그 물건
들이 들어 있는 것처럼, 마치 미세한 중력의
법칙의 지배를 받는 것처럼, 그 물건들이 존
재조차 하지 않는 것처럼, 그리고 어떤 형태
의 욕망과 결합해야만 그것들이 존재할 수
있는 것처럼 버티고 있군요. 당신은 마치 밤
에 사람들이 집에 돌아갈 때 팔꿈치를 잡아
끌며 오늘 저녁 괜찮은 여자 있어요, 라고
귀에다 속삭이는 스트립 바 앞의 호객꾼 같
군요. 물론 당신이 그 물건들을 내게 보여준
다 해도, 합법적이건 불법적이건 당신의 물

건에 최소한 판단할 수는 있는 이름을 부여
한다 해도, 그리고 그 이름들을 내게 알려준
다 해도, 난 싫다고 말할 수 있을 겁니다.
그러고 나면 어디에서 왔는지도 알지 못하는
바람에 뿌리까지 흔들리는 나무 같은 느낌은
더 이상 받지 않을 수 있겠죠. 난 '아니요'
라고 말할 줄 알고 또 그렇게 말하는 걸 좋
아합니다. 나의 거절로 당신을 현혹시킬 수
도 있고, 또 당신에게 '아니요'라고 말하는
모든 방법들을 알려줄 수도 있습니다. 그러
려면 우선 '네'라고 말하는 모든 방법들에서
부터 시작해야 할 겁니다. 멋 부리기 좋아하
는 여자들이 온갖 종류의 옷과 신발 들을 잔
뜩 입어보고 신어보고는 결국 아무것도 사지
않는 것과 마찬가지로 말이죠. 여자들이 그
모든 걸 입어보면서 느끼는 즐거움은 사실
그것들을 모두 거부하는 데서 생겨나는 즐거
움에 지나지 않습니다. 이제 결정을 하시지

요. 그리고 정체를 드러내세요. 당신은 도로를 박살 내는 건달인가요, 아니면 장사꾼인가요? 장사꾼이라면 우선 당신의 물건을 펼쳐놓고, 천천히 음미하도록 합시다.

딜러 내가 무엇을 갖고 있는지를 당신에게 말하지 않고 이렇게 제안만 하는 이유는 내가 건달이 아니라 장사꾼, 진짜 장사꾼이 되길 원하기 때문입니다. 난 거부당하는 걸 참고 싶지 않거든요. 그건 자신이 갖고 있지 않은 무기이기에 모든 장사꾼들이 세상에서 가장 두려워하는 것입니다. 그래서 나는 지금까지 '아니요'라고 말하는 법을 결코 배워본 적도없고, 배우고 싶은 마음 또한 조금도 없습니다. 하지만 '네'라고 말하는 모든 방법들은 알고 있지요. 네, 조금만 기다리세요. 많이 기다리세요. 나와 함께 영원의 시간 동안 기다리세요. 네, 난 그걸 갖고 있습니다, 가질거고, 가졌었고 다시 갖게 될 겁니다. 결코 내가 가져본 적은 없지만 당신을 위해 가지도록 하지요. 그러면 누군가 내게 와서 이렇게 묻겠죠. 만약 내게 욕망이 있고, 내가 그걸 밝혔다고 칩시다. 그런데 그걸 만족시킬 만한 게 당신에게 없다면? 그러면 난 이렇게 말하겠습니다. 난 당신을 만족시킬 만한 걸 갖고 있습니다. 그래도 당신이 그걸 갖고 있지 않다고 상상해 보세요, 라고 말한다면 내 대답은 이렇습니다. 상상 속에서도 난 여전히 그걸 갖고 있습니다. 그럼 상대방은 또 이렇게 말하겠죠. 그걸 만족시키는 데 필요한 게 뭔지 당신이 생각조차 하고 싶지 않은 그런 종류의 욕망이라면? 그렇다 해도, 내가 원하지 않는 경우에조차도, 난 어쨌든 필요한 걸 갖고 있습니다.

하지만 장사꾼이 예의를 갖출수록, 손님은 더 삐딱하게 나오기 마련이지요. 모든 장사꾼들은 자신이 아직 알지 못하는 욕망까지도 만족시켜 주려고 애쓰는 반면, 손님들은 누군가가 자신에게 제안하는 것을 언제든지 거절할 수 있다는 데서 가장 큰 만족감을 느끼곤 하니까요. 그가 밝히지 않은 욕망은 이렇듯 거절에 의해 더욱 고무되고, 장사꾼을 모욕하는 데서 느끼는 쾌감 때문에 자신의 욕망을 잊게 되는 것입니다. 하지만 나는 화내고 분개하는 손님들의 취향을 만족시키기 위해서라면 간판이라도 거꾸로 다는 그런 종류의 장사꾼은 아닙니다. 난 쾌락을 주려고 여기 있는 게 아닙니다. 내가 여기 있는 건 욕망의 심연을 메우고, 욕망을 일깨우고, 거기에 이름을 붙여 지상으로 끌어내기 위해서니까요. 욕망에 형태와 무게를 부여할 때 불가피하게 주어지는 잔인함을 지닌 채 거기에 형태와 무게를 부여하기 위해서란 말입니다. 당신이 아무리 입술을 꽉 다물고 있어도 입가로 침이 새어 나오는 것처럼, 나에게는 당신의 욕망이 모습을 드러내는 게 보입니다. 그래서 나는 침이 당신의 턱을 타고 흘러내리거나 내가 당신에게 손수건을 건네기 전에 당신이 그걸 뱉어버리기를 기다릴 겁니다. 내가 손수건을 너무 일찍 건넨다면 당신이 거절하리라는 걸 알고 있으니까요. 그건 내가 조금도 겪고 싶지 않은 고통입니다.

사람이 짐승과 같은 높이에서 걸어 다니고 모든 짐승이 모든 사람과 같은 높이에서 걸어 다니는 이 시간에, 모든 인간이나 짐승들이 두려워하는 건 고통이 아닙니다. 고통은 측정할 수 있고, 고통을 가하고 참아내는 능력 또한 측정 가능한 것이니까요. 인간과 짐승이 무엇보다 두려워하는 건 고통의 낯설음이고, 그 익숙지 않은 고통을 감내해야만 한다는 사실입니다. 그러니 세상에 가득한 건달들과 아가씨들 사이에 항상 일정한 거리가 유지되는 것은 그들이 서로의 힘을 파악

하고 있기 때문이 아닙니다. 그랬다면 세상은 아주 간단하게 건달과 아가씨 들로 나눠졌을 테고, 모든 건달들이 아가씨들에게 달려들었을 테니 세상은 단순해졌겠죠. 하지만 건달들을 아가씨들에게서 떨어뜨려 놓는, 그리고 앞으로도 영원히 떨어뜨려 놓을 어떤 힘은 무한한 신비, 무기들이 지니고 있는 무한한 낯설음입니다. 아가씨들이 핸드백 안에 넣고 다니는 작은 폭탄 같은 것 말입니다. 거기서 나오는 액체를 건달들의 눈에 뿌리면, 건달들은 아가씨들 앞에서 체면이고 뭐고 없이 갑자기 눈물을 흘리게 됩니다. 인간도 짐승도 아닌, 광장 한복판에서 흘리는 수치스러운 눈물에 불과한 존재가 되어버리는 거지요. 그래서 건달들과 아가씨들이 서로를 두려워하고 또 경계하는 거랍니다. 사람이란 스스로 견딜 수 있는 고통만을 가하고, 또 자신이 가할 수 없는 고통만을 두려워하는 법이니까요.

그러니 제발, 거절하지 말고 내게 당신의 열
정의 대상을, 당신의 시선이 내게서 찾고 있
는 것을, 그 이유를 말해 주오. 혹 당신의
자존심이 조금이라도 상할까 봐 그러는 거라
면, 좋습니다, 그저 나무에 대고 말하듯, 감
옥의 벽에 대고 말하듯, 혹은 밤에 벌거벗고
목화밭의 고독 속에서 산책하며 말하듯 그렇
게 얘기하면 됩니다. 나를 쳐다보지 않은 채
로 말해도 된다는 겁니다. 우리 둘이 서로를
붙들고 있는 이 황혼의 시간에 정말로 유일
하게 잔인한 일은 한 사람이 다른 사람에게
상처를 입히거나 고문을 하거나 사지와 머리
를 잘라내거나 혹은 울게 만드는 게 아닙니
다. 정말로 끔찍하고 잔인한 건 한 인간이나
짐승이 다른 인간이나 짐승을 미완성의 상태
로 내버려두는 것입니다. 마치 말줄임표가
문장을 한가운데서 중단시키듯, 누군가를 보

자마자 고개를 돌려버리듯, 짐승이나 인간을
잘못 쳐다본 것, 잘못 판단한 것, 하나의 실
수로 만들어버리듯, 쓰기 시작한 편지를 날
짜까지 쓰고 나서 갑자기 구겨버리듯이 말입
니다.

손님 당신은 강도치고는 참으로 이상한 사람이군
요. 아무것도 훔치지 않거나, 훔치기 전에
너무 뜸을 들이니 말입니다. 밤에 과수원에
숨어들어 와서 나무를 흔들어놓고는 열매는
챙기지도 않고 가버리는 별난 도둑 같다고나
할까요. 이곳에 익숙한 사람은 바로 당신이
고 나는 여기서 이방인일 뿐입니다. 두려워
하고 있는 사람도 나고 그럴 만한 이유가 있
는 사람도 나지요. 난 당신을 알지도 못하고
알 수도 없고 다만 어둠 속에 있는 당신의
모습을 추측할 뿐입니다. 뭔가를 알아맞히고
이름 붙여야 할 사람은 당신입니다. 그러면
나는 고갯짓으로 당신이 알 수 있도록 신호

를 보낼지도 모르지요. 하지만 나는 낯선 땅 위에 피를 흘리듯 내 욕망을 아무 이유 없이 드러내고 싶지는 않습니다. 당신이야 손해 볼 게 없겠지요. 나의 걱정과 망설임과 경계심에 대해 알고 있으니까요. 당신은 내가 어디서 왔는지, 또 어디로 갈지도 알고 있습니다. 이 거리도, 이 시간도, 당신의 계획도 모두 알고 있지요. 하지만 난 아무것도 모르니 모든 위험을 감수해야만 합니다. 당신 앞에 서 있는다는 건 남자로 분장한 여장 남자, 결국 성(性)을 알 수 없는 사람 앞에 서 있는 것과 마찬가지입니다.

마치 피해자 위에 놓인 강도의 손처럼, 혹은 강도 위에 놓인 법의 손길처럼 당신은 내게 손을 얹고 있군요. 내가 나의 운명도 모르는 채, 내게 이미 선고가 내려졌는지 혹은 내가 공범인지도 모르는 채, 내가 무엇 때문에 고통스러워하는지도 모르는 채 괴로워하기 시작한 이후로, 나는 당신이 내게 어떤 상처를 입힐지, 또 내가 어디서부터 피를 흘리게 될지를 알지 못해 괴로워하고 있습니다. 어쩌면 당신은 이상한 사람이 아니라 교활한 사람인지도 모르겠군요. 어쩌면 당신은 악당을 잡기 위해 몰래 악당으로 변장한 법의 하수인에 불과할지도 모릅니다. 당신은 심지어, 나보다도 더 법에 충실한 사람인지도 모르죠. 나는 당신이 누구인지, 또 이곳의 말과 어법, 무엇이 나쁘고 무엇이 적절한지, 어디가 겉이고 어디가 안인지, 뭘 하면 환호를 받고 뭘 하면 비난을 받는지 알지 못하는 이방인이기에, 아무 말도 안 하고 아무것도 원하지 않는 겁니다. 어떤 경우에라도, 실수로라도 말이죠. 그랬다간 내가 당신한테 뭔가를, 가장 나쁜 뭔가를 요구하는 게 될 테고, 그러면 나 또한 그것을 요구한 죄를 저지르는 게 될 테니까요. 욕망은 마치 피처럼 나를 벗어나 당신 발치에 흐르고 있군요. 나는 모르는, 또 알아보지도 못하는, 오직 당신만이 알아보고 판단할 수 있는 그 욕망이.

사정이 이러할진대, 당신이 의심스러운 정중함으로 나를 몰아세워 어떻게든, 당신 편에서든 혹은 반대편에서든 내가 죄를 저지르도록 부추기려는 거라면, 그런 거라면, 최소한 이것만은 인정하시지요. 난 아직 당신 편에서나 반대편에서나 아무 짓도 하지 않았고, 그러니 아직은 누구도 나를 비난할 수 없으며, 지금 이 순간까지는 내가 아직 떳떳하다는 사실 말입니다. 당신이 나를 멈춰 서게 한 이 어둠 속에 있는 게 내 맘에 들지 않는다는 사실을, 또 내가 여기 있는 건 오로지 당신이 내게 손을 얹었기 때문이라는 사실을 날 위해 증언해 줄 수 있겠지요. 또 내가 분명 불을 밝혀줄 것을 요구했었고, 또 도둑처럼 어떤 불법적인 의도를 지니고 스스로 원해서 이 어둠 속에 스며들어 온 게 아니라, 스탠드 불이 갑자기 꺼져서 화들짝 놀란 아이가 침대 속으로 숨어들듯 그렇게 놀랐었고 비명을 질렀다는 사실도 말입니다.

딜러 내가 당신에게 폭력을 쓸 생각으로 이렇게 흥분하는 거라고 당신이 생각한다 해도——어쩌면 당신 말이 맞을지도 모릅니다——그 폭력이 어떤 종류인지, 또 어떤 이름인지, 너무 서둘러 결정하지는 마십시오. 당신은 남자의 성기가 어떤 특정한 곳에 숨겨져 있고 또 쭉 거기에 머무른다고 날 때부터 생각한 사람인 모양이군요. 그리고 그런 생각을 조심스레 간직해 왔고요. 나도 당신과 똑같은 방식으로 태어난 사람이지만, 내가 알고 있는 건 다릅니다. 남자의 성기란, 홀로 고독하게 앉아 기다리고 잊으며 흐르는 시간 동안 한 곳에서 다른 곳으로 천천히 이동한답니다. 절대로 특정한 장소에 숨는 법 없이,

오히려 사람들이 찾지 않는 곳에 모습을 드러내면서 말입니다. 그리고 남자가 고독 속에 앉는 법과 그 속에서 조용히 머무는 법을 배우는 시간을 보내고 나면, 남자의 성기는 다른 어떤 성기와도 닮지 않게 됩니다. 수컷과 암컷의 성기가 서로 다른 것만큼이나 말이죠. 이런 경우엔 절대 변장이란 있을 수 없습니다. 겨울로 변장한 여름도, 여름으로 변장한 겨울도 아닌, 한 계절에서 다른 계절로 넘어가는 길목에서처럼 부드럽게 망설일 뿐이지요.

그렇다고 추측에 빠져 괴로워할 만한 일은 아닙니다. 그런 상상은 약혼녀를 붙들듯 붙들어 매둬야 합니다. 생각이 마음껏 방랑하는 걸 보는 것도 좋지만, 그렇다고 적절한 감각을 잃을 때까지 내버려두는 건 어리석은 일이지요. 난 교활한 게 아니라 호기심이 많을 뿐입니다. 내가 당신 팔에 손을 얹은 것

도, 털 뽑힌 암탉 같은 피부가 살아 있는 암
탉처럼 따뜻한지 죽은 암탉처럼 차가운지 알
고 싶은 순수한 호기심 때문이었으니까요.
그리고 이젠 알겠습니다. 당신을 모욕하려는
건 아니지만, 당신은 말하자면 반쯤 털 뽑힌
암탉처럼, 정확히 말하자면 피부병에 걸려서
털이 빠진 암탉처럼 추위로 괴로워하고 있군
요. 어렸을 때 나는, 그런 암탉들을 만져보
려고 닭장 안을 뛰어다니곤 했었지요. 순수
한 호기심에서, 그놈들의 체온이 산 것과 죽
은 것 중 어느 쪽에 해당하는지 알고 싶었으
니까요. 오늘 당신을 만져보니, 당신에게선
죽음의 차가움이 느껴졌습니다. 하지만 오직
산 자만이 느낄 수 있는 추위의 고통 또한
느껴졌지요. 그래서 난 당신 어깨를 덮어주
려고 내 윗도리를 당신에게 건넨 것입니다.
난 추위를 느끼지 못하거든요. 그런 고통을
알지 못한다는 게 고통스러울 정도로, 추위

에 떨어본 적이 한 번도 없습니다. 어느 정도냐 하면, 내가 어렸을 때 품었던 유일한 꿈이 눈과 얼음이 뭔지 아는 것, 당신을 고통스럽게 하는 그 추위를 느껴보는 것이었을 정도니까요. 그 시절의 꿈들이래 봤자 어떤 목표라기보다는 그저 감옥살이가 덧붙여지는 것에 불과했습니다. 노예로 태어난 아이가 주인의 아들이 되기를 꿈꾸는 것처럼, 자신의 첫 번째 감옥의 창살을 깨닫게 되는 순간 말이죠.

내가 당신에게 윗도리만 빌려주는 건 당신이 상체만 추위로 떨고 있는 게 아니라는 걸 몰라서가 아닙니다. 당신을 모욕하려는 건 아니지만, 당신이 머리끝부터 발끝까지, 어쩌면 그 이상까지 추위하고 있다는 걸 알고 있습니다. 나로 말하자면, 추위를 타는 사람에겐 그가 추위하는 곳에 맞게 옷을 벗어줘야 한다고 늘 생각해 왔습니다. 머리끝부터 발끝까지, 어쩌면 그 이상까지도, 그래서 벌거벗게 될지라도 말입니다. 하지만 인색하긴커녕 예절이 뭔지도 알았던 내 어머니는 이렇게 말하곤 했지요. 셔츠건 윗도리건 상체를 덮을 것을 주는 건 칭찬받을 만한 일이지만, 신발은 벗어주기 전에 꼭 오랫동안 생각을 해봐야 하고, 어떤 경우에도 바지를 벗어주는 건 옳은 일이 아니라고 말입니다.

그런데 설명할 수는 없지만 내가 분명하게 알고 있는 건, 당신과 나, 그리고 다른 사람들이 지금 밟고 서 있는 이 땅이, 그 또한 황소의 뿔 위에서 신의 섭리와도 같은 손길에 의해 균형을 유지하고 있다는 사실입니다. 이유를 완전히 아는 건 아니지만 그래도 또 주저 없이 말할 수 있는 건, 몸이 추락하는 이치를 배우기 전인 아이라도 지붕 끝에서 몸을 내밀지는 말아야 하듯 나 또한 무례함은 피하고 예의 바름의 경계 내에 머무르려고 애쓰고 있다는 사실입니다. 어른들이 지붕 끝에서 몸을 내밀지 못하게 하는 이유가 자신이 날아오르지 못하게 하기 위해서라고 아이가 믿는 것처럼, 나도 예전엔 소년에게 바지를 내주는 것을 금한 이유가 그의 열정과 우울함을 드러내는 걸 막기 위해서라고 오랫동안 믿었었습니다. 하지만 이제 난 더 많은 것들을 이해하게 됐고, 내가 이해하지 못하는 것이 무엇인지 더 잘 알게 되었고, 이 공간과 이 시간에 머무른 지도 오래되었고, 사람들이 숱하게 지나가는 걸 보며 이따금씩 그들의 팔에 내 손을 얹기도 했었죠. 아무것도 이해하지 못했고 이해하길 바라지도 않았지만 그들을 바라보고 내 손을 그들의 팔에 얹으려고 애쓰는 걸 포기하지 않은 채 말입니다. 닭장 속의 암탉을 잡는 것보단 지나가는 사람을 잡는 게 더 쉬우니까요. 숨겨야만 하는 열정이나 우울함 속에도 무례함

따윈 없으며, 이유를 모르더라도 규칙은 따라야 한다는 사실을, 이제 나는 잘 압니다. 게다가, 당신을 모욕하려는 건 아닙니다만, 난 당신의 어깨를 내 윗도리로 덮음으로써 당신의 모습을 내 눈에 더 친숙하게 만들고 싶었습니다. 너무 낯설면 나도 좀 주눅이 드는 데다가, 조금 전 당신이 내게로 오는 걸 보면서 스스로에게 이렇게 묻고 있었거든요. 아프지도 않은 남자가 왜, 피부병에 걸려서 털이 다 빠지고도 계속 닭장 안을 왔다 갔다 하는 암탉 같은 옷차림을 하고 있을까? 내게 고정된 당신의 눈길에서 말 그대로 뭔가를 요구하려는 듯한 광채를 보지 않았던들, 어쩌면 난 수줍어서 그저 머리만 긁적이며 당신을 피하려고 비켜섰을지도 모릅니다. 그런데 그 광채가 나로 하여금 당신의 옷차림을 잠시 잊게 해주었습니다.

손님 도대체 나한테서 뭘 끌어내려는 건가요? 공

격일 거라 생각했던 당신의 모든 몸짓은 결국엔 애무로 끝나는군요. 맞을 줄 알았는데 애무를 받는다는 건 사람을 불안하게 만드는 일입니다. 내가 서두르지 않길 바랐다면 당신은 좀 더 조심했어야 했습니다. 당신은 내게 뭔가를 팔려고 하면서, 내게 지불할 능력이 있는지는 왜 먼저 의심해 보지 않는 거지요? 내 주머니가 어쩌면 텅 비어 있을지도 모르는데 말입니다. 의심스러운 손님에게 으레 그러듯, 당신은 우선 내가 가진 돈을 계산대 위에 펼쳐놓으라고 요구했어야만 했습니다. 그게 정직한 일이니까요. 당신은 내게 그런 요구를 전혀 하지 않았습니다. 사기를 당할지도 모르는데, 거기서 무슨 쾌감을 얻겠다는 겁니까? 난 부드러움을 찾아 이곳에 온 게 아닙니다. 부드러움은 해부실의 시체처럼 사람을 작은 조각들로 나누어놓고, 그 조각조각마다 공격을 가해 힘을 잘게 분해해

버리죠. 내게 필요한 건 나의 전체입니다. 적대감은 최소한 내 모습을 온전하게 유지해 줄 수 있겠죠. 그러니 화를 내세요. 아니면 내가 어디서 힘을 얻겠습니까? 화를 내십시오. 그래야 우린 우리의 거래에 더 가까워질 수 있고, 둘 다 같은 문제를 다루고 있다는 걸 확실히 알 수 있을 겁니다. 난 내가 무엇으로부터 쾌감을 얻는지는 알지만, 당신이 무엇으로부터 쾌감을 얻는지는 모르니까요.

딜러 당신이 찾는 것에 대한 대가를 지불할 능력이 있는지 내가 잠시라도 의심했다면, 난 당신이 내게 다가왔을 때 피했을 겁니다. 천박한 장사꾼들은 손님에게 지불할 능력이 있다는 증거를 보여달라고 요구하지만, 고급 상점에서는 알아서 짐작을 하고 아무것도 묻지 않습니다. 비굴하게 수표의 금액이나 서명이 일치하는지 확인하는 법은 결코 없지요. 구매자가 값을 지불할 수 있는지, 결정하는 데 얼마만큼의 시간이 걸리는지 굳이 질문해 보지 않아도 되는 팔 것과 살 것 들이 있는 법입니다. 되돌아올 게 뻔한 사람이 떠나갈 때는 공격하지 않는 법이기에 나는 꾹 참고 있는 겁니다. 모욕은 되돌릴 수 없지만 친절은 되풀이할 수 있는 법이라, 한 번 모욕하는 것보다는 친절을 맘껏 베푸는 게 더 낫단 얘기죠. 그래서 난 아직 화를 내지 않고 있는 겁니다. 화를 내지 않을 시간도, 화를 낼 시간도 있으니까요. 하지만 그 시간이 다 지나고 나면, 나도 어쩌면 화를 낼지도 모르겠습니다.

손님 내가 거만하게 굴었던 이유가 아무 느낌도 없이, 다만 당신이 내게 그렇게 부탁했기 때문이라고 가정해 보면 어떨까요? 알아맞히는 일엔 소질이 없는 내가 아직 짐작도 못하는 의도, 그럼에도 나를 여기에 붙잡아 두고 있는 어떤 의도를 가지고 당신이 내게 다가왔을 때 그렇게 부탁했기 때문이라고 말입니다. 또 날 여기 붙들어 두고 있는 것이 당신 계획에서 내가 차지하고 있는 어떤 불확실함 때문이라면, 그리고 내가 거기서 얻을 이득 때문이라고 한다면? 이 낯선 시간과 공간 속에서 당신이 너무도 낯설게 내게로 다가왔을 때, 반대의 움직임까지도 새겨져 있을 정도로 모든 것 안에 뚜렷하게 간직되어 있는 그 움직임에 끌려 나도 당신에게 다가갔었는지도 모릅니다. 하지만 내가 당신에게 다가간 이유가 단순한 무기력함 때문이라면? 미천한 사람들과 사귀려고 주막에 가는 왕자들이 그러하듯, 혹은 몰래 지하실에 내려가 숨으려는 아이가 그러하듯, 순수한 의지에 의해서가 아니라 그저 낮은 곳에 매혹당해서 이끌리는 거라면? 작고 고독한 대상이 어둠 속에 있는 음침하고 무표정한 덩어리에 대해 느끼는 그런 이끌림 말입니다. 내 혈관에 흐르는

피의 부드러운 리듬을 천천히 가늠해 보며,
이 부드러움이 격해질지 아니면 완전히 사라
져버릴지 자문해 보면서, 난 당신에게 다가
갔을지도 모릅니다. 아마도 천천히, 하지만
희망에 가득 차서, 표현할 수 있는 욕망은
없지만 누군가 내게 제시할 무언가에 대해
만족할 준비를 하고서 말입니다. 누가 무엇
을 제시하건, 그건 너무나 오랫동안 버려져
서 황폐해진 밭고랑 같을 테니까요. 그곳에
떨어지는 씨앗들은 서로 구별이 되지 않는
법입니다. 모든 것에 만족할 준비를 하고 우
리가 낯설게 다가가는 동안, 나는 멀리서 당
신이 내게 다가오고 있다고, 나를 바라보는
것 같다고 생각했을 겁니다. 그래서 나도 당
신에게 다가가고, 당신을 바라보고, 당신에
게 너무나, 너무나 많은 것을 기대하며 당신
곁에 있었겠지요. 그건 당신이 알아맞혔기
때문이 아닙니다. 나 자신도 알아맞히지 못

하니까요. 다만 난 당신에게서 욕망의 맛과, 생각과, 대상과 가격과 만족을 기대했던 겁니다.

딜러 아침이면 기억날 저녁을 잊는 것은 부끄러운 일이 아닙니다. 저녁은 망각과, 혼란과, 너무나 뜨거워서 수증기가 되어버린 욕망의 시간이지요. 하지만 침대 위에 드리운 거대한 구름처럼, 아침은 그 욕망을 주워 담습니다. 그런데도 아침에 비가 올 것을 저녁에 예상하지 못한다면 어리석은 일이겠지요. 당신이 좀 전에 가정했던 것처럼 피곤해서건, 망각에 의해서건, 욕망이 너무 커서 잊어버렸건 간에 당신에게 표현할 욕망이 없다면, 난 이런 가정을 당신에게 돌려주겠습니다. 더 이상 스스로를 지치게 하지 말고 다른 사람의 욕망을 빌리라고 말입니다. 욕망은 훔치는 것이지 만들어내는 게 아닙니다. 누군가의 윗도리는 다른 사람이 입어도 여전히 따뜻한

법이고, 욕망은 옷보다 더 쉽게 빌릴 수 있지요. 어떻게 해서든 난 팔아야 하고 어떻게 해서든 당신은 사야 하는 만큼, 자, 이제 당신이 아닌 다른 사람을 위해 뭔가를 사십시오—굴러다니는 욕망들 중 당신이 어떤 것을 줍건 거래는 이루어질 겁니다—예를 들면 아침에 당신과 같은 이불 속, 당신 곁에서 깨어날 사람을 기쁘게 하거나 만족시켜 주기 위해서 말입니다. 당신의 어린 약혼녀는 아침에 깨어날 때 당신이 아직은 갖고 있지 않은 뭔가를 원할지도 모릅니다. 내게서 그걸 산다면 당신은 즐거운 마음으로 그것을 그녀에게 줄 수 있을 테고, 그것을 소유하는 행복을 느끼게 될 겁니다. 그렇게 다양한 사람들이 그렇게 다양한 물건들과 그렇게 다양한 방식으로 그렇게 계속해서 관계를 맺는다는 건 장사꾼에겐 행운이지요. 사람들의 기억은 다른 사람들의 기억과 번갈아 가며 존재하는 법이니까요. 당신이 내게서 살 물건은 설사 당신이 그걸 사용하지 않더라도 다른 누구에겐가는 쓸모가 있을 겁니다.

손님 보통 한 남자가 다른 남자를 만나면 마지막엔 항상 여자 얘기를 하면서 어깨를 툭툭 치고 끝나는 게 일반적이지요. 지친 싸움꾼들에게 여자에 관한 추억은 마지막 위안이 되는 법이니까요. 당신의 규칙이 바로 그런 겁니다. 하지만 난 거기에 굴복하지 않을 겁니다. 난 우리가 여자의 부재 속에서도, 어떤 부재에 관한 추억 속에서도, 혹은 그 어떤 것에 관한 추억 속에서도 평화를 찾길 바라지 않습니다. 추억도, 부재도 나를 역겹게 하기는 마찬가지니까요. 난 이미 소화된 음식보다는 아직 아무도 손대지 않은 요리를 더 좋아합니다. 난 그 무엇으로부터 오는 평화도 바라지 않습니다. 우리가 평화를 얻는 것 자체를 바라지 않는다는 얘깁니다.

하지만 개의 시선은 오직 자기 주위의 모든 것이 명백히 개라는 추측만을 담고 있을 뿐입니다. 그러니 당신은 당신과 내가 발 딛고 서 있는 이 세상이 신의 섭리와도 같은 손길에 의해 황소의 뿔 위에서 균형을 유지하고 있다고 주장하겠지요. 하지만 난 세상이 고래 세 마리의 등 위에 떠 있다는 걸 압니다. 신의 손길이나 균형이 아닌 어리석은 세 마리 괴물의 변덕만이 존재할 뿐이지요. 결국 우리의 세상은 서로 다른 별개의 것이고, 그 낯설음은 포도가 포도주에 섞이듯 우리의 본성 안에 녹아들어 있습니다. 아니, 난 당신 앞에선, 당신과 같은 장소에선 개가 오줌을 누듯 다리를 들어 올리진 않을 겁니다. 나는 당신과 같은 중력을 받지 않습니다. 당신과 같은 암컷으로부터 나오지도 않았고요. 왜냐하면 나는 아침에 일어나지도 않고, 이불 속에서 잠을 자지도 않기 때문입니다.

딜러 이봐요 신사 양반, 화내지 마세요, 화내지
말라고요. 난 내가 물건을 팔려고 기다리는
이 길모퉁이밖에 알지 못하는, 그리고 어머
니가 가르쳐준 것 외에는 아무것도 모르는
가련한 장사꾼일 뿐입니다. 게다가 내 어머
니조차 아무것도, 거의 아무것도 아는 게 없
었으니 나도 마찬가지인 셈입니다. 하지만
좋은 장사꾼이라면 구매자가 듣고 싶어 하는
말을 하려고 애쓰는 법이지요. 그리고 그걸
알아내려면 그 향기가 어떤지 조금 맛보는
게 필요하답니다. 당신의 향기는 내게 전혀
친숙하지 않았습니다. 같은 어머니에게서 나
오지 않았으니까요. 하지만 당신에게 다가가
기 위해, 난 당신도 나처럼 어느 어머니에게
선가 나왔을 거라고 추측했습니다. 또 진수
성찬을 먹은 후에 딸꾹질이 멈추지 않듯, 당
신의 어머니도 내 어머니처럼 당신에게 수많
은 형제들을 만들어주었을 거라고, 그러니

어쨌건 간에 당신과 나의 비슷한 점은 우리
둘 모두 희귀한 존재가 아니라는 사실이라고
생각했단 말입니다. 그래서 난 우리가 최소
한 공통점을 갖고 있다는 사실에 매달렸죠.
어딘가 의지할 곳이 있어야 오랫동안 사막을
여행할 수 있는 법이니까요. 하지만 내가 착
각한 거라면, 그래서 당신이 어떤 어머니로
부터도 나오지 않았고 또 아무도 당신에게
형제들을 만들어주지 않았다면, 그리고 아침
이면 이불 속에서 당신과 함께 눈을 뜨는 약
혼녀 따윈 있지도 않다면, 미안하게 됐습니
다, 신사 양반.

서로 마주친 두 남자에겐 원수처럼 폭력을
휘두르건, 부드럽게 우정을 표현하건 서로
치고받는 것 외엔 다른 선택의 여지가 없습
니다. 그리고 그들이 이 시간의 황량한 사막
에서 과거로부터건, 꿈으로부터건, 결핍으로
부터건 결국 여기 존재하지 않는 걸 들먹이

기로 했다면, 그건 낯설음이 너무 커서 직접 마주치려 하지 않기 때문입니다. 이런 신비로움이 자기 스스로 모습을 드러내도록 하려면, 이쪽에서도 모든 걸 열어젖히고 드러내야 하는 법입니다. 추억이란 사람이 발가벗겨졌을 때조차도 꼭 지니고 있는 비밀 무기랍니다. 상대방 또한 어쩔 수 없이 솔직해지게 만드는 최후의 솔직함이죠. 정말 마지막 하나까지 다 벌거벗은 상태라고나 할까요. 나 자신에게서 어떤 영광이나 혼란을 끌어내려는 건 아닙니다. 다만 당신을 내가 알지 못하기에, 게다가 매 순간 더더욱 알 수 없어지기에, 자, 내가 벗어서 당신에게 건넨 내 윗도리처럼, 아무 무기도 없음을 당신에게 보여준 내 손처럼, 내가 개고 당신이 인간이건, 내가 인간이고 당신이 다른 어떤 것이건, 내가 어떤 종자고 당신이 어떤 종자건 간에, 어쨌든 난 내 것을 당신 눈앞에 드러낼 테니, 당신은 마음껏 거기에 손대고, 나를 만지고 내게 익숙해지도록 하십시오. 무기를 숨기지 않기 위해 스스로 몸수색을 허락한 사람을 대하듯 말입니다.

그래서 난 당신이 나를 우정 어린 눈빛으로 바라봐 주기를 조심스레, 진지하게, 조용히 부탁하는 겁니다. 친밀함 속에서 더 좋은 거래를 할 수 있으니까요. 난 당신을 속이려는 것도 아니고, 당신이 뭔가를 내게 주기를 바라지도 않습니다. 노력할 만한 가치가 있는 유일한 동지애란 어떤 특정한 방식으로 움직이는 게 아니라 전혀 움직이지 않는 겁니다. 내가 당신에게 제안하는 건 그런 부동성과 무한한 인내, 친구로서의 맹목적인 불의입니다. 서로 모르는 사람들 사이엔 정의가 없으니, 계곡 없이는 다리도 없듯 서로 아는 사람들 사이에도 우정은 없습니다. 어머니가 늘 얘기했었죠. 곧 비가 올 걸 알면서도 우산을 거절하는 건 어리석은 짓이라고요.

손님   내겐 당신의 친절함보단 차라리 교활함이 더 나은 것 같군요. 우정이란 배신보다 더 인색한 법입니다. 내게 필요한 감정이 우정이었다면, 난 당신에게 그렇게 말했을 거고 그 값을 물어서 지불했을 겁니다. 하지만 감정이란 그와 비슷한 것으로만 교환할 수 있는 법입니다. 가짜 돈으로 이루어지는 가짜 거래, 거래를 흉내 낸 보잘것없는 거래지요. 쌀 주머니를 쌀 주머니와 교환하던가요? 당신은 내놓을 게 아무것도 없기 때문에 계산대에 당신의 감정들을 늘어놓은 겁니다. 싸구려 물건을 할인해 주는 나쁜 거래처럼 말입니다. 나중에 물건에 대해 불평해 봤자 소용없는 일이지요. 나에겐 당신에게 돌려줄 감정 따윈 없습니다. 그런 돈은 갖고 있지도 않고 가져갈 생각조차 하지 않았으니 원한다면 뒤져봐도 좋습니다. 그러니까 당신의 손일랑 주머니에 그냥 넣어두세요. 당신의 어머니도 그냥 당신 가족 속에 묻어두고 당신의 추억도 당신의 고독을 위해 간직하란 말입니다. 내가 바라는 건 단지 그것뿐입니다. 당신이 우리 사이에 은밀히 만들고자 하는 그 친밀함을 난 결코 원하지 않습니다. 당신의 손을 내 팔에 얹는 것도, 당신의 윗도리도 원하지 않았습니다. 당신과 섞이는 위험 따윈 원하지 않는단 말입니다. 당신은 이걸 알아야 합니다. 당신이 조금 전에 내 차림새를 보고 놀랐다면, 그리고 당신의 놀라움을 감추지 않는 게 더 좋다고 생각했다면, 당신이 내게 다가오는 걸 본 나의 놀라움 또한 그에 못지않았다는 사실을 말입니다. 하지만 낯선 땅에 있는 이방인에겐 자신의 놀라움을 감추는 습관이 있지요. 그에게 이상하게 보이는 것들은 모두 그 지역의 관습으로 여겨지고, 그곳의 날씨와 음식에 적응하듯 거기에 적응해야만 하니까요. 하지만 내가 당신을 나의 구역으로 데려간다면, 그래서 당신은 놀라움을 감춰야 하는 이방인이 되고 나는 놀라움을 자유롭게 드러낼 수 있는 본토인이 된다면, 사람들은 당신을 둘러싼 채 손가락질을 해댈 것이고, 분명 당신을 장터의 회전목마 쳐다보듯 하며 내게 어디서 표를 살 수 있냐고 물을 것입니다.

당신은 장사를 하려고 여기 있는 게 아닙니다. 구걸을 하거나, 전쟁이 협상으로 이어지듯 구걸이 도둑질로 이어지게 하려고 여길 떠돈다는 게 더 맞겠지요. 당신은 욕망을 충족시켜 주기 위해 여기 있는 게 아닙니다. 내가 지녔던 욕망들은 우리 주위에 떨어져 우리가 짓밟아 버렸으니까요. 큰 것, 작은 것, 복잡한 것, 간단한 것, 당신이 몸을 숙이기만 했다면 얼마든지 그 욕망들을 한 움큼 주울 수 있었을 겁니다. 하지만 당신은 그것들이 도랑 쪽으로 굴러 가게 내버려두었지요. 당신에겐 작은 것, 간단한 것들을 만족시킬 능력조차도 없었기 때문입니다. 당신은 가난하고, 어떤 고상한 취미 때문이 아니라 빈곤과 필요성, 무지 때문에 여기에 머무르고 있습니다. 난 경건한 그림들을 사는 척하지도 않을 것이고, 길모퉁이의 기타가 들려주는 조잡한 화음에 돈을 지불할 생각도 없습니다. 난 내가 원하면 얼마든지 자비를 베풀거나 물건 값을 지불할 겁니다. 하지만 거지들이 구걸을 하건, 감히 손을 내밀건, 도둑들이 도둑질을 하건 그건 나완 상관없는 일입니다.

난 말이죠, 당신을 모욕할 생각도, 기쁘게 할 생각도 없습니다. 친절하게 굴거나, 못되게 굴거나, 때리거나, 얻어맞거나, 유혹하거나, 당신에게 유혹당하고 싶은 생각도 없습니다. 난 그저 제로이고 싶습니다. 난 따뜻

한 온정도 싫고, 남과 반드시 친해져야 한다
는 사명감도 없고, 주먹질이라는 폭력 이상
으로 우정이라는 폭력을 두려워한단 말입니
다. 그러니 서로 비집고 들어갈 수도 없고,
그저 잠시 나란히 놓여 있다가 각자의 방향
으로 굴러 가는 그런 두 개의 제로가 됩시
다. 정의할 수 없는 시공간인 이 시간과 이
장소의 끝없는 고독 속에서 우린 혼잡니다.
내가 여기서 당신을 만날 이유도, 당신이 나
와 마주칠 이유도, 온정을 나누어야 할 이유
도, 우리가 내세울 만한, 그리고 우리에게
어떤 의미를 부여해 줄 만한 적당한 수치도
없기 때문입니다. 그러니 단순하고, 외롭고,
오만한 제로가 됩시다.

딜러 하지만 이젠 너무 늦었군요. 계산이 시작되
었으니 어떻게든 청산을 해야 합니다. 혼자
만의 쾌락을 위해 금고를 고집스레 틀어쥐고
내놓으려 하지 않는 사람으로부터 훔치는 건

정당한 일이지만, 모든 걸 사고팔 수 있는데
도 훔치는 건 비열한 일입니다. 누군가에게
아주 잠시, 합의된 기간 동안 빚을 지는 건
괜찮지만, 무언가를 공짜로 주고받는 건 상
스러운 일이죠. 우리가 여기 있는 건 거래하
기 위해서지 싸우기 위해서가 아닙니다. 그
러니 거기에 승자와 패자가 생긴다면 그건
옳은 일이 아니겠지요. 당신은 주머니를 가
득 채운 도둑처럼 여길 떠날 순 없을 겁니다.
이 거리를 지키는 개가 당신의 엉덩이를 물
어뜯을 거라는 사실을 잊어버렸었나 보군요.
당신이 여기, 잔뜩 화가 난 인간과 짐승 들
한가운데에 와서 딱히 뭔가를 찾지도 않고,
알 수 없는 음침한 이유로 만신창이가 되길
원하니, 아무것도 서로 빚지지 않고 아무것
도 서로 주고받지 않으려면 당신은 등을 돌
리기 전에 돈을 내고 주머니를 비워야 할 겁
니다. 장사꾼을 조심하세요. 도둑질당한 장

사꾼은 약탈당한 집주인보다 더 질투가 많은 법이니까요. 장사꾼을 조심하세요. 그의 말은 겉으로는 존경과 부드러움을 담고 있고, 겸손과 사랑을 가장하지만, 그건 단지 겉모습일 뿐이니까요.

손님　도대체 당신이 뭘 잃고, 내가 뭘 얻지 못했다 말인가요? 아무리 내 기억 속을 뒤져봐도, 난 아무것도 얻은 게 없습니다. 나도 기꺼이 물건 값을 지불하고 싶지만, 바람과 어둠, 우리 사이의 아무것도 아닌 것에 대해 돈을 낼 수는 없는 일이죠. 만약 당신이 뭔가를 잃었다면, 그래서 당신의 재산이 나를 만나기 전보다 줄어들었다면, 우리 둘 모두에게서 사라진 그건 도대체 어디로 갔단 말인가요? 어디 좀 보여주시죠. 아니, 난 아무것도 누린 게 없으니 아무것도 지불하지 않을 겁니다.

딜러　당신의 계산서에 애초부터 무엇이 써 있었는

지, 내게 등을 돌리기 전에 무얼 지불해야
하는지 알고 싶다면 난 당신에게 이렇게 말
하겠습니다. 그건 기다림과 인내, 장사꾼이
손님을 위해 내건 선전 문구, 물건을 팔겠다
는 희망, 무엇보다 요구를 담은 눈길로 다가
오는 모든 사람을 채무자로 만들겠다는 그런
희망이라고 말입니다. 모든 판매의 약속으로
부터 모든 구매의 약속이 생겨나는 법이니,
약속을 깬 사람은 위약금을 지불해야겠죠.

손님　이 벌판 한가운데서 길을 잃은 사람이 당신
과 나, 우리 둘만 있는 건 아닙니다. 내가
이쪽에서 저 벽을 향해, 저 위쪽, 하늘을 향
해 소리친다면 당신은 반짝이는 불빛들을 보
게 될 것이고, 도우러 오는 사람들의 발자국
소리를 듣게 될 겁니다. 혼자서 누군가를 증
오하는 건 고통스럽지만, 여럿이서라면 그건
쾌락이 되지요. 당신이 여자들이 아닌 남자
들에게 달려드는 건 여자들의 비명 소리를

두려워하기 때문이고, 남자들이 비명 지르는 걸 품위 없다고 생각한다고 지레짐작하기 때문입니다. 당신은 남자들의 자존심과 허영과 과묵함에 대한 신뢰를 갖고 있으니까요. 그런 자존심일랑 당신에게 선물로 드리지요. 당신이 나를 해치려 한다면 난 소리치고, 비명을 지르고, 도움을 청하고, 구조를 요청하는 온갖 방법을 당신에게 들려주겠습니다. 그런 방법이라면 난 모두 다 알고 있으니까요.

딜러 도망치는 불명예 따위는 개의치 않는다면, 당신은 왜 도망가지 않는 거지요? 도망치는 건 미묘한 전투 방법 중 하나입니다. 그리고 당신은 미묘한 사람이지요. 당신은 도망쳐야만 할 겁니다. 당신은 찻집에서 커피포트를 죄다 뒤엎으며 테이블 사이를 미끄러지듯 빠져나가는 살찐 부인들 같군요. 양심의 가책을 느끼게 만드는 죄라도 되는 양 엉덩이를 실룩거리면서, 또 한편으론 엉덩이가 존재하지도 않는 것처럼 믿게 하려고 사방으로 몸을 돌려대면서 말입니다. 하지만 그래 봤자 아무 소용 없을 겁니다. 누군가는 당신의 엉덩이를 물어뜯을 테니까요.

손님 난 먼저 공격하는 부류의 인간이 아닙니다. 시간이 걸리는 편이지요. 서로를 물어뜯는 것보다는 결국 서로 이를 잡아주는 편이 더 나을지도 모릅니다. 내겐 시간이 필요합니다. 얼빠진 개처럼 사고를 당하고 싶진 않아요. 나와 함께 갑시다. 세상을 찾아나서자고요. 고독은 우리를 지치게 하니까요.

딜러 여기 내가 건네줬을 때 당신이 받지 않았던 윗도리가 있습니다. 이제 그걸 주우려면 당신은 몸을 숙여야만 할 겁니다.

손님 하지만 내가 무언가에 침을 뱉었다면, 그건 그냥 일반적인 것, 평범한 옷 이상도 이하도 아닌 것에 대해 한 행동입니다. 그게 당신을 향하고 있었다 해도 당신에게 뱉었던 건 아니란 말입니다. 그러니 당신은 그 침을 피하기 위해 움직일 필요가 조금도 없었습니다. 당신이 괴상한 취향에 의해서건 계산에 의해서건 그걸 얼굴에 맞으려고 움직인다고 해도, 내가 그저 이 옷 쪼가리에 대해서만 약간의 경멸을 표현했다는 사실에는 변함이 없습니다. 헌 옷 쪼가리가 계산을 요구하지는 않죠. 아니, 난 당신 앞에서 등을 구부리지 않을 겁니다. 불가능한 일이에요. 난 장터의 구경거리처럼 몸이 유연하지도 않단 말입니다. 자기 엉덩이를 스스로 핥을 수 없듯, 인간이 할 수 없는 동작들이 있는 법입니다. 난 내가 느껴보지도 못한 유혹에 대가를 지불하지는 않을 겁니다.

딜러 사람은 누구나 자기 옷이 모욕당하는 걸 내버려둬서는 안 되지요. 한 인간의 탄생과 그 시간, 그 장소가 우연히 선택된다는 것이 이 세상의 진정한 부당함이라면, 유일하게 공평한 건 바로 그 사람의 옷이니까요. 한 인간의 옷은, 그가 지닌 것 중에서 가장 성스러운 겁니다. 고통스러워하지 않는 인간 자체보다도 말이죠. 공평함과 불공평함이 균형을 이루는 지점이기에, 옷을 함부로 다뤄서는 안 되는 겁니다. 그래서 사람은 얼굴도, 팔도 피부도 아닌 옷으로 판단해야 합니다. 한 인간의 탄생에 침을 뱉는 건 별일이 아니지만, 그의 반항에 침을 뱉는 건 위험한 일입니다.

손님 그럼 내가 당신에게 공평한 제안을 하지요. 먼지투성이 옷에 대해, 난 먼지투성이 옷을 지불하겠소. 이제 동등해집시다. 똑같은 자존심과 무력함을 가지고, 똑같이 무장을 풀고, 똑같이 추위와 더위에 괴로워하면서 말입니다. 반쯤 벌거벗고 반쯤 모욕당한 당신에게, 나도 내 것의 반만큼을 지불하지요.

우리에겐 나머지 절반이 남아 있고, 그 절반
만으로도 우린 얼마든지 또다시 대담하게 마
주 보거나 부주의와 위험, 희망, 방심, 우연
에 의해 우리가 잃어버린 것들을 잊을 수 있
을 겁니다. 그리고 내겐 이미 빚을 갚은 채
무자의 불안함이 계속 남게 되겠죠.

딜러　이런 밤 시사에 낚시이 추상석이고 모호하게
요구하는 것, 다른 누군가에겐 이미 요구했
을 그것을 왜 나, 내겐 요구하지 않았던 겁
니까?

손님　손님을 조심하세요. 그는 뭔가를 찾는 듯이
보이지만 사실은 다른 걸 원하고 있답니다.
장사꾼이 짐작도 못하는 그것을 그는 결국엔
얻어내고 말지요.

딜러　당신이 도망친다면 난 당신을 쫓아갈 겁니
다. 당신이 내게 얻어맞고 쓰러진다면 난 당
신이 깨어날 때까지 곁에 있을 겁니다. 당신
이 깨어나지 않기로 마음을 먹는다면 난 당

신의 잠 속에서, 무의식 속에서, 그 너머에
서까지 당신 옆에 있을 겁니다. 하지만 난
당신과 싸우길 원하진 않습니다.

손님　난 싸우는 걸 두려워하지는 않습니다. 내가
알지 못하는 규칙들이 두려운 거죠.

딜러　규칙은 없습니다. 방법만이, 무기들만이 있
을 뿐이죠.

손님　당신이 나를 때리려고 애쓴다 해도, 그리되
지는 않을 겁니다. 내게 상처를 주려고, 어
디 한번 애써 보시지요. 피가 흐른다면, 그
건 양쪽 모두에서일 겁니다. 그리고 피로 인
해 우리는 어쩔 수 없이 하나가 되겠지요.
맹수들에 둘러싸여 모닥불 가에서 서로 피를
나누는 두 인디언처럼 말입니다. 사랑이란
없습니다. 사랑은 없어요. 아니, 당신은 이
미 존재하는 건 아무것도 손에 넣을 수 없을
겁니다. 인간은 죽은 다음에야 자신의 죽음
을 찾아 헤매고, 하나의 빛으로부터 또 다른

빛을 향해 이동하는 위험한 여정 중에 마침내 우연히 죽음을 만나게 되니까요. 그러곤 이렇게 말하죠. 결국 이것뿐이었나.

딜러 제발 부탁입니다. 이 시끄러운 밤의 소음 속에서 당신은 내게 원하는 걸 아무것도 얘기하지 않았단 말입니까? 혹 내가 못 들은 건 아닌가요?

손님 난 아무 말도 하지 않았소. 아무 말도. 그러는 당신은, 이 밤에, 익숙해지려면 한참이 걸릴 정도로 짙은 이 어둠 속에서, 내게 아무것도 제안하지 않았단 말입니까? 내가 알아맞히지 못한 건 아닌가요?

딜러 아무것도.

손님 그럼, 이제 어떤 무기를?

숲에 이르기 직전의 밤

"내가 널 봤을 때 넌 길모퉁이를 돌고 있었어, 비가 와서, 머리와 옷에 쫄딱 비를 맞아서 보기 좋은 모습은 아니었지만, 그래도 난 용기를 냈고, 이미 여기까지 왔고, 또 이런 내 꼴을 보고 싶지 않았던 만큼, 몸을 말려야만 했어, 저 아래로 되돌아가 몸을 추슬러야만 했지, 아프지 않으려면 최소한 머리라도 말이야, 그런데 몸을 추스를 수 있을까 해서 좀 전에 내려가 보았을 때, 거기엔 바보 같은 놈들이 죽치고 있었어, 머리를 말리는 내내 녀석들은 움직이지 않았고, 떼로 모여서는 몰래 염탐이나 하고 있더군, 그래서 난 오줌만 누고 젖은 옷을 입은 채로 다시 올라왔어, 난 방에 들어가기 전까진 이 상태로 있을 거야, 어딘가에 자리를 잡자마자 모든 걸 벗어버릴 생각이지, 내가 방을 찾는 건 바로 그 때문이야, 집에선 불가능하거든, 그곳에는 돌아갈 수 없어, 하지만 밤을 꼬박 보낼 방을 찾는 건 아냐, 그래서 네가 저기, 길모퉁이를 돌 때, 내가 널 봤을 때, 난 뛰기 시작했고, 생각했어, 하룻밤, 그것도 잠시 동안 머물 방을 찾는 것보다 더 쉬운 일이 또 있을까, 옷과 머리가 흠뻑 젖긴 했지만, 거울에 비친 내 모습을 보면 비 때문에 도저히 어쩔 도리가 없긴 하지만, 정말로 간절히 원한다면, 용기를 내어 부탁한다면 말이야, 하지만 싫더라도 자기 모습을 보지 않는다는 건 어려운 일이야, 특히 여기처럼 거울이 있는 곳에서는, 그러니까 카페에서건 호텔에서건 늘 거울을 등져야 해, 우리가 거기 있는 지금, 사람들이 너를 바라보는 지금처럼 말이야, 나는 언제나, 집에서조차, 거울을 등지고 있어, 하지만 여기처럼, 세상은 거울로 가득 차 있어, 호텔에서는 십만 개의 유리들이 지켜보고 있지, 그래서 조심해야 해, 난 아주 오래전부터 호텔에서 살고 있으니까, 내가 버릇이 돼서 집이라고 부르긴 하지만 사실은 호텔을 말하는 거야, 오늘 저녁은 불가능할 테니까 예외시만 말이야, 내 집은 바로 거기야, 내가 호텔 방에 들어가는 건 너무나 오래된 습관이라서, 삼 분이면 아무 힘도 들이지 않고 거길 진짜 '내 집'으로 만들어버리지, 마치 내가 항상 거기서 살아왔던 것처럼, 구석구석 나의 손길이 묻어 있는, 모든 유리가 가려져 있는 익숙한 내 방으로 말이야, 만약 누군가가 나를 갑자기 평범한 집에 있는 방에서 살게 한다거나 일가족이 거주하는 곳 같은 잘 꾸며진 아파트를 내게 준다면, 그 방 안에 발을 디디는 순간 거길 호텔 방으로 만들어버릴 수 있을 정도니까, 습관 때문에, 그저 거기서 살려고 말이야, 옛날이야기에 나오는 것 같은 숲 속의 초가집을 내게 줘봐, 커다란 대들보와 커다란 벽난로, 그리고 십만 년이나 된 난생처음 보는 커다란 가구들이 있는 그런 집 말이야, 거기에 들어서는 순간, 난 손도 까딱 안 하고도 순식간에 그곳을 호텔 방으로 만들어줄 수 있어, 내 집처럼 느껴지는 곳 말이야, 벽난로는 한 무더기의 가구들 뒤에 숨기고, 대들보를 감추고, 모든 것의 취향을 바꾸는 거야, 난 내몰아 버릴 거야, 옛날이야기 속에서 말고는 어디서도 본 적이 없는 모든 물건들과, 독특한 냄새들과 가족의 냄새들, 오래된 돌들, 낡고 검은 나무들, 세상을 비웃고, 낯선 느낌을 주고, 완전히 자기 집이라고 느끼지 못하게 만드는 십만 년이란 오랜 세월을, 난 내몰아 버릴 거야, 왜냐하면 그게 나니까, 난 내가 이방인이라는 사실을 생각나게 만드는 걸 좋아하지 않으니까, 물론 어느 정도는 이방인이긴 하지, 내가 완전히 이곳에 속하지 않는다는 건 분명한 사실이야, 어쨌든 그건 확실했어, 내 등 뒤에 모여 있던 저 아래의 바보들이 내가 오줌을 눈 후에 내 그걸 씻는 걸 구경하고 있었으니 말이야. 그리고 보면 프랑스 놈들은 죄다 그렇게 멍청한 모양이야. 그놈들은 상상이란 걸 할 줄 몰라서, 그걸 씻는 걸 본 적도 없는 거야. 하지만 우리에겐 그건 아주 오랜 관습이지. 내 아버지도 나에게 그렇게 가르쳤고, 집집마다 늘 그렇게 해왔어. 그래서 니도 오줌을 눈 후엔 계속 그 짓을 하는 거고. 그런데 조금 전 저 아래 세면대에서 씻을 땐, 내 등 뒤에 바보들이 모여 있는 걸 느끼면서도 난 아무것도 모르는 척했어. 그 바보들이 하는 프랑스어를 한마디도 모르는 완벽한 이방인 행세를 한 거지. 그리고 내 물건을 씻으면서 녀석들이 하는 얘기를 들었어. 저 처음 보는 우스꽝스러운 놈은 도대체 뭘 하는 거지?, 제 거기에 물을 주는 모양이네, 거기에 물을 주다니, 어떻게 하는 건데?, 그놈들이 뭐라고 지껄이는지 전혀 모르는 척하면서, 나는 태연하게 내 거기에 계속 물을 주고 있었어. 그러자 그 머저리 같은 프랑스 놈들이 세면대 앞에 서 있는 내 등 뒤로 모여들어 이렇게 수군거리더군, 그게 어떻게 물을 마신다는 거야?, 게다가, 그게 어떻게 목이 마를 수가 있지?, 나는 내 물건을 다 씻고 나서, 놈들이 하는 얘기를 전혀 알아듣지 못하는 이방인인양 그 무리들 사이를 가로질러 갔어, 내겐 쉬운 일이지, 난 절대 이곳 사람이 아니니까, 상상력도 없는 멍청한 프랑스 놈들조차 헷갈리지 않을 정도로, 척 보면 알 거라고 확신해, 이런 모든 일들이 있었지만, 난 네가 길모퉁이를 도는 걸 보자마자 네게로 달려갔어, 거리에, 카페에, 카페의 지하실에, 여기에, 어디에나, 바보들이 우글거렸지만, 비도 오고, 옷도 다 젖었지만, 난 달렸어, 단지 방 때문만도, 내가 잠시 밤을 보낼 방을 찾기 때문만도 아니었지만, 나는 달리고, 달리고, 또 달렸어, 이번만큼은 모퉁이를 돌았을 때 네가 없는 텅 빈 길 위에 혼자 남겨지고 싶지 않았으니까, 이번에도 비, 비, 비만 있는 건 싫었으니까, 이번만큼은 반대편

86

모퉁이에서 너를 만나고 싶었으니까, 용기를 내어 이렇게 외치고 싶었으니까, 친구!, 용기를 내어 네 팔을 잡고 싶었으니까, 친구!, 용기를 내어 네게 이렇게 말을 걸고 싶었으니까, 친구, 불 좀 빌려 줘, 별것도 아니잖아, 친구, 빌어먹을 비, 빌어먹을 바람, 빌어먹을 교차로, 오늘 저녁에 여기 오는 건 좋지 않아, 니한테도 또 나한데도, 하지만 난 담배가 없어, 내가 친구, 불 좀, 하고 말한 건 담배를 피우기 위해서가 아냐, 그건, 친구, 네게 말을 하고 싶어서였어, 이 빌어먹을 동네, 이리로 발길을 돌리는 빌어먹을 습관(이게 사람들에게 말을 거는 방법이라니!), 그리고 너 또한 여기로 왔어, 옷이 흠뻑 젖은 채로, 병에 걸릴 위험을 무릅쓰고 말이야, 난 담배를 원하는 게 아냐, 친구, 난 담배를 피우지도 않으니까, 불도, 담배도, 돈 때문도 아니지만, 친구, 잠깐 멈춘다고 손해 볼 건 없잖아(넌 그러고 나서 가버리면 되고, 오늘 저녁 내겐 돈도 중요치 않아), 게다가, 난 우리가 커피를 마실 수 있을 만큼 돈도 있어, 저 우스꽝스러운 빛 속으로 들어가느니, 내가 한 잔 살게, 친구, 나와 이렇게 얘기한다고 손해나진 않을 거야, 어쩌면 내겐 사람들에게 접근하는 나만의 방식이 있는지 모르지만, 그렇다고 그들이 손해 보는 건 아니잖아(난 밤 동안 머무를 방 얘기를 하는 게 아냐, 친구, 제대로 된 사내들은 입을 다물 줄 아는 법이니까, 네가 가버릴 수 있도록 말이야!, 방 얘기는 하지 않을게, 친구), 그래도 네게 해줄 얘기가 있어, 가자, 여기서 이러지 말고, 분명 병에 걸릴 거야, 돈 얘기도, 일 얘기도 아냐, 그게 문제를 해결해 주진 못해(뭐 내가 꼭 해결하려고 하는 것도 아냐, 절대 그런 건 아냐), 단지 할 말이 있어, 네게 꼭 얘길 해야만 해, 주머니에 돈 한 푼 없이 이 우스운 도시를 떠도는 너와 나 말이야(하지만 커피 한 잔은 살게, 친구, 그럴 돈은 있어, 이제 와서 말을 뒤집는 건 아냐), 왜냐하면 우리를 여기 붙들어 두고 있는 게 돈도, 너도, 나도 아니라는 걸 첫눈에 알 수 있기 때문이야!, 그런데 친구, 돈도, 직업도 없는 너와 나 같은, 또 그런 걸 굳이 찾으려 하지도 않는 나 같은 사람들에 대해, 난 이렇게 생각해, 그건 주머니에 아무것도 없는 우리 같은 사람들이 밖에서 일을 하면 너무 가벼워서, 한 줄기 바람만 불어도 땅에서 날아가 버리기 때문이라고, 그러니 누구도 우릴 발판 위에 붙들어 놓을 수 없는 거야, 우릴 거기에 묶어놓지 않는 한 말이지, 바람만 제대로 불면 우린 가볍게 날아오를 거야, 공장에서 일하는 거라면, 난 절대 사절이야! 너한테는 어떨지, 설명하기가 좀 어렵군, 아무것도 뒤섞지 않고 제대로 이해한다는 건 내게는 어려운 일이거든, 하지만 내 생각은, 마치 뭐랄까, 종교도 아니고, 아무렇게나 말하는 우스갯소리도 아니고, 정치도 아니고, 정당이나 뭐 그런 건 더더욱 아니고, 뭐든 다 알고 다 봐서 아무것도 놓치지 않는 조합 같은 것도 아냐, 내 생각을 그런 데다 갖다 붙이자니, 자리가 없을 것 같군, 아니, 내 생각은 그런 것과는 전혀 상관없어, 절대 그런

게 아니니까, 안심해, 친구, 그건 단지, 우리의 방
어 수단일 뿐이야, 스스로 방어하는 것, 우리한테
필요한 게 바로 그거 아냐?, 넌 아마 이렇게 생각
하겠지, 난 아냐, 하지만 난 네게 이렇게 말하겠
어, 너한테 접근한 건 아마 나일지도 몰라, 오늘
밤을 지낼 방이 필요한 것도 아마 나일 거야(아니,
난 방이 필요하다고 말하진 않았어, 친구), 불 좀 빌
려줘, 친구, 라고 말한 것도 나였지, 하지만 먼저
접근한 사람이 늘 더 약한 쪽인 건 아냐, 그리고
난, 네가 흠뻑 젖은 채로 저 모퉁이를 돌 때, 그리
강해 보이진 않는다는 걸, 그렇게 튼튼해 보이진
않는다는 걸 금방 알 수 있었어, 하지만 내겐 다
방법이 있어, 강하지 않은 사람들은 대번에 알아볼
수 있어, 그들의 걸음걸이 때문이지, 바로 너처럼,
신경질적인 등을 보이며 신경질적으로 걷고, 신경
질적으로 어깨를 움직이는 모습만 봐도 알 수 있다
고, 그런 행동 속의 무언가를, 난 놓치지 않아, 얼
굴도 마찬가지야, 잔주름이 가득한, 망가지거나 그

런 건 아니지만 신경질적인 얼굴 말이야, 바로 너처럼!, 얼굴 속의 아주 작은 무엇도 난 놓치지 않아, 그들이 기둥서방처럼 건들거리면서, 하지만 신경을 잔뜩 곤두세우고 걸을 때도, 겁 없는 불량배처럼, 하지만 방금 어머니 배 속에서 나온 것처럼 걸을 때도, 아무렇지도 않은 듯 그렇게 상반신을 흔들며 빗속을 걸을 때도, 난 그 숨길 수 없는 불안을 금방 알아볼 수 있어, 모든 불안이란 어머니로부터 직접 받은 거니까, 그리고 그 망나니들이 무얼 하건, 어머니를 숨길 순 없는 거니까, 난 오히려 아버지로부터 받은, 피, 뼈, 근육 쪽에 가까워, 신경 따윈 절대 날 괴롭히지 못해, 내 아버진 아주 튼튼했고, 생각하느라 신경을 뒤죽박죽으로 만드는 사람이 아니었으니까, 뼈와 근육으로 만들어진 사람, 피로 만들어진 사람, 아무것에도 흔들리지 않는 사람, '집행자'라고 부를 수 있을 정도였어, 나도 '집행자'라고 부를 수 있을 거야, 오늘날 정치와 정당들과 조합들, 그리고 짭새와 군대가 모두 정치적인 건 그 때문이지, 내가 원하는 건 그게 아냐, 그런 건 전부 머리를 써야 돼서 혼란스러워, 하지만 그들은 머리를 써서, 사람들을 공장에 처넣어 버리지, 난 공장이라면 절대 사절이야!, 그래도 그들은 무슨 수를 써서라도 사람들을 끝내 공장에 처넣고 말아, 하지만 내 생각은 이래, 국제적 규모의 조합——국제적 규모, 이게 중요해(설명해 줄게, 나도 전부 이해하기는 힘들지만)——하지만 정치적이지 않은, 오로지 방어만을 목적으로 하는, 난 방어를 위해 만들어진 사람이니까, 그런 거라면 내 모든 걸 바치겠어, 난 집행자가 될 거야, 힘없고, 막 어머니 배 속에서 나온 그들, 신경이 곤두선 기둥서방 같은 꼴을 하고 한밤중에 혼자서, 병에 걸릴지도 모르는 위험 속에서, 건들거리며 떠도는 불량배들을 보호하기 위한 나의 국제적 조합에서 말이야, 바로 이 점에서, 난 어머니들이 아무 쓸모도 없다는 걸 알 수 있어, 쓸모없는 네 어머니를 한번 봐, 그 여자는 네게 신경조직을 준 후, 아무 교차로에다가나, 더러운 빗속에 널 버렸어, 튼튼하지도 않고, 아무런 경계심도 없는 너를 말이야, 난 알 수 있어, 넌 경계를 하지 않아, 너무도 어리고 예민한 너에겐 아무 의심도 없어, 하지만 나쁜 녀석들이 거기 없다고, 너에게 관심이 없다고 생각지는 마, 우리가 녀석들을 스쳐 지나간다는 걸 난 알아, 조금 전에도, 바로 내가, 놈들과 한판 했어, 너처럼 경계하지 않았다면, 하마터면 내가 당할 뻔했지, 하지만 이제 난 사방에서 그놈들을 봐, 놈들은 거기 있어, 우릴 건드리는, 네가 상상할 수 있는 최악의 악당들이, 우리의 삶에 성가시게 끼어드는 놈들이 말이야, 난 그놈들이 저 위에, 사장들 위에, 장관들 위에, 모든 것 위에 숨어서 보이지 않는다고 믿었더랬어, 살인자의, 강간범의, 생각을 훔치는 자의 낯짝, 너나 나 같은 진짜 낯짝이 아닌, 이름도 없는 낯짝을 하고서, 사기꾼들, 은밀한 난봉꾼들, 처벌받지 않는 악당들의 무리, 냉혹하고, 계산적이고, 기술적인, 한 줌밖에 안 되는 개새끼들의 무리가 이렇게 결정해, 공장에서 조용히 하고 있어!, (공장이라면, 난, 절대 사절이야!), 공장에서 입 닥치고 있어!, (만약에 내가, 아가리를 벌린다면?), 공장에서 입 닥쳐라, 이게 마지막 말이야, 그들의 마지막 말이지, 저 위에서 우리 대신 결정을 내리고, 자기들끼리 조직하고, 자기들끼리 계산하고, 국제적 규모의, 한 줌의 전문적인 도둑놈 무리들, 국제적 규모라!, 내 생각이 바로, 국제적 규모의 조합이야, 국제적 규모라는 게 중요해, 내가 설명해 줄게, 하지만 지금은, 제기랄!, 공장이야, 혹은 너처럼, 나처럼, 조금만 바람이 불어도 날아가 버릴 만큼 가벼워지는 거야, 왜냐하면, 놈들이 정부를, 짭새를, 군대를, 사장들을, 거리를, 교차로를, 지하철을, 빛을, 바람을 다 쥐고 있는 마당에, 놈들이 마음만 먹으면 우리를 저 위에서 쓸어버릴 수 있는 마당에, 너와 내가 뭘 할 수 있겠어? 여기에 대항해서, 내가 조합에 대한 생각 말고 뭘 할 수 있겠어?, 넌, 조금 전의 나처럼, 아무 의심도 하지 않아. 하지만 지금은 그들이 저기 있어. 우릴 찾고 있어. 그들이 아래로 내려왔고, 난 하마터면 당할 뻔했어. 네가 상상할 수 있는 최악의 개새끼들은 우스운 꼴을 하고 우스운 방법을 동원하니까. 아, 놈들이 곧장 이리로 온다면, 그놈들 면상에서 모든 걸 볼 수 있을 거야. 상대가 어떤 놈들인지 파악한다면, 우리가 한 방 먹여줄 수 있을 텐데. 하지만 놈들의 수법은, 우리가 버틸 수 없는, 우리가 아무런 의심 없이 최악의 창녀들에게 빠져 들게 하는, 그런 면상으로 우리를 상대하는 거야. 그걸 어떻게 알아챌 수 있겠어? 난 그러지 못했어. 내게 상상력이 있었다면, 내가 그녀에게 말을 걸었을 때 봤던 그 모습 그대로, 그녀의 모습을 그려냈을 거야. 작고, 연약하고, 윤기 나는 곱슬곱슬한 금발인, 그렇다고 너무 곱슬곱슬하거나 너무 금발도 아닌, 꼭 필요한 만큼만, 그리고 도저히 뒤따라가지 않고서는 못 배길 것 같은 여인. 그리고 내가 여자에게 말을 걸었을 때, 친구, 불 가

진 거 없나, 미안, 나를 바라보는, 오직 상상 속에
서만 존재할 것 같은 두 눈이, 내가 상상했던 것과
똑같이 반짝이고 있어, 황량하고, 아무 일도 일어
나지 않는 어느 저녁에, 나는 환상에 빠지지, 하지
만 다른 저녁들도 있어, 비가 오는데도, 모든 걸
뒤죽박죽으로 만드는 더러운 불빛의 밤인데도, 여
자들이 돌아다니는 저녁, 우연히 한 명이 나타난
게 아니라 여러 명이 차례로, 점점 더 예쁜 여자들
이 나타나, 네가 상상하는 것 이상의, 사람을 미치
게 만드는, 도저히 믿을 수 없을 만큼 예쁜 여자
들, 시간이 갈수록 사람들은 더욱 미쳐가고, 여자
들은 더욱더 불가사의할 정도로 예뻐져, 이 행렬이
언제 멈출지 아무도 몰라, 열기는 점점 더해 가고,
사람들은 황홀경에 빠지기 시작해, 이제 더 이상
아무것도 상상할 수가 없어, 자기 앞으로 여자들이
줄지어 지나가고 있으니까!, 그리고 이보다 더 나
은 여자는 없을 거라는 생각을 할 때, 여자들을 바
라보는 일에 더욱 미쳐갈 때, 결국 그중의 한 여자

로 결정을 하지, 그녀를 뒤쫓아 가려면 모든 걸 버려야 할 때, 비도 오고 돈도 없어서 뾰족한 방법이 없다는 것도 잊어버리지, 하지만 그 여자라면, 그 머릿결과 아래로 깐 눈, 연약해 보이고 머리도 그리 곱슬거리지 않는 그 여자라면, 어쩔 수 없이 달려가서 말을 걸게 되지, 친구, 친구!, 그런데 바로 거기에서 놈들이 우리를 기나리고 있는 거야, 바로 거기에서 우린 마치 지구상의 마지막 바보라도 된 것처럼 놈들에게 당하고 말지, 그 여자가 다른 편이라는 걸, 나쁜 년이라는 걸 내가 알았더라면, 귀여운 아저씨, 나랑 같이 가, 오늘 밤 쥐 사냥이나 하러 가자고, 그 여자가 입을 닥치고 있었다면 난 그런 입도 침을 뱉을 수 있다는 사실을 결코 알지 못했을 거야(예전에, 내가 일을 하던 시절에는, 난 모든 사람들이, 저녁이면 나타나는 거리의 여자들도, 근본은 비슷하다고 생각했었어, 난봉꾼 같은 낯짝을 한 몇몇 개새끼들만 빼면 말이야, 용기만 좀 내면 그들과 얘기도 할 수 있을 거라고 생각했지, 하지만 지금은 모

든 사람들이 반대쪽으로 건너갔다고 생각해, 이제 다시
는, 정신이 나가서 여자 뒤를 쫓는 일은 절대 없을 거
야, 이제 다시는, 절대로 환장하지 않을 거야), 불빛
때문에 사람들이 다 비슷비슷해 보여서인지, 그 여
자는 나를 알아보지 못했어, 귀여운 아저씨, 쥐 사
냥 하러 가자, 그리고 나선 나와 함께 있는 거야,
그녀는 나를 이상한 카페로 데려가서, 내게 바짝
다가앉아선 말했지(손을 잡고, 찰싹 달라붙어서, 나
를 자기 방으로 데려가 함께 밤을 보낼 태세였어, 내가
맘에 들었던 게 분명해, 그녀가 지껄이는 소리를 듣고
내가 화를 내기 전까지는, 내 말을 듣고 그녀도 화를
내기 전까지는, 우린 서로 모든 게 맘에 들었었지), 놀
랍게도, 그 여잔 내가 누군지 몰랐던 거야, 새로운
세력, 그게 우리야, 그 여자가 내게 말했지, 그리
고 나도 그렇게 되어야 한다고, 사람을 미치게 만
드는 그 눈 때문에라도, 난 그러고 싶었을지도 몰
라, 하지만 기술적이고 국제적인 악당 중의 악당이
바로 그런 모습을 하고서 사람들을 반대쪽으로 보

냈던 거야, 우리를 미치게 만드는 불가사의한 여자들조차, 말을 하지 않으면 그리로 보내버렸지, 하지만 그 여자, 난 그 여자가 내게 한 말이, 내게 말했던 방식이 두려웠어, 어쩔 수 없이 그 여자 얘기 듣게 될까 봐 두려웠어, 그 이상한 카페에서, 그 여잔 여전히 내가 누군지 알지 못했어, 우리랑 같이 가, 귀여운 아저씨, 이 지구상의 마지막 바보라도 된 것처럼, 나도 그렇게 따라갔을지도 몰라, 아주 적절한 순간에, 내가 누군지를 밝히는 말이 (내가 바랐던 것보다 더 크게) 내 입에서 나오지 않았더라면 말이야, 친구, 내가 누군지 알려주지, 난 이방인이고, 국제 조합의 회원이야, 나머진 말 안 해도 알겠지, 그러니 이제 입 닥쳐, 박살 내버리기 전에, 그 여자 주위에 그녀의 친구들이 없었다면, 난 정말로 그 여잘 박살 내버렸을지도 몰라, 금요일 밤의 쥐 사냥꾼들, 완전무장을 한 어깨들, 그 한가운데서 이방인인 난 혼자, 이 지구상의 마지막 바보라도 된 것처럼, 난 도대체 무슨 일에 말려든 걸까?, 그 불빛이 나를 혼미하게 만든 걸까?, 내 입에서 때맞춰, 힘차게 그런 말들이 쏟아지기 전에, 그 여자가 노래를 부르기 시작했다면 어땠을까?, 그 여자가 그런 얘길 그렇게 내뱉는 대신에 (그 여잔 날 의심하지 않았으니까) 노래를 하면서 내게 들려줬다면 어땠을까?, 그녀가 아무 노래라도 했다면, 난 꼼짝 못하고 뭐든 오케이 했을 거야, 그 여자가 만약 노래를 했다면, 분명 아름답기 그지없었을 목소리만 듣고서도 난 내 정체를 숨기고 어디에라도 가입했을 거야, 새로운 세력이건, 파시스트건, 왕당파건, 서양이건, 쥐 사냥꾼이건, 난봉꾼 조직이건, 국제적 사기꾼이건, 그 여자가 원하는 건 뭐든 말했겠지, 그 여자가 부탁만 했다면 누구라도 사냥했을 거야, 그 여자가 불가사의할 정도로 아름답다는 이유 때문에, 그 여자가 사냥이 끝난 후 약속한 것들 때문에, 내가 모든 걸 버리고 쫓아가게 만들었기 때문에 말이야, 그녀가 노래를 했다면, 틀림없이 멋졌을 거야!, 그럼 난 어떻게 해야 했을까? 귀를 막아야 했을까? 만약 그 여자가 입술을 내 귓가에 갖다 댔다면, 난 어떻게 해야 했을까? 도망가야 했을까?, 만약 그 여자가 내 다리에 손을 얹었다면, 내가 뭘 할 수 있었을까? 그 손을 잘라버려야 했을까?, 아니면, 내 다리를 잘라버려야 했나? 바로 이런 식으로, 우린 지구상의 마지막 멍청이들처럼 놈들 손아귀에 들어가는 거야, 그러니, 우린 정신 바짝 차리고, 그런 생각을 아예 없애버려야 해, 놈들한테 당하지 않으려면 말이야!, 친구, 우리 이방인들은 모든 걸 없애버리고 그것만 단단히 붙들어 매고 있으면 돼, 조합에 대한 내 생각에서 핵심 원칙은, 항상, 어디서나, 그게 서지 못하도록 해야 한다는 거야, 모든 게 소규모의 비밀 그룹에 의해 이루어지는 이상은 말이야, 놈들은 정부와, 짭새들과, 군대, 일을 손에 쥐고 있어, 곱슬머리 금발 계집애들까지 말이야, 그 계집애들은 믿기지 않을 정도로 연약한 모습을 하고 있지만, 다른 사람들과 마찬가지로 저쪽 편이라고,

그게 서지도, 즐기지도 못하게 할 것, 어떤 일이 있더라도 자제할 것, 왜냐하면 놈들은 바로 그 부분에서 우릴 노리고 엿 먹이기 때문이야, 그러니 우리가 이길 때까지, 국제 조합에 대한 내 생각이 이길 때까지, 온 힘을 다해서, 모든 수단을 동원해서 버텨야 해, 그럼 모든 게 우리 차지가 될 거야, 카페도, 길도, 계집애들도, 어깨들과 그들의 무기도, 모든 땅과 온 하늘도 다 우리 거야, 그럼 친구, 이제 쥐들이 즐길 차례야, 우리 차례라고, 그리고 집행자인 내게, 뼈와 근육과 피로 만들어진 내게, 언제나 가진 게 없었던 내게, 언제나 자제해야만 했던 내게, 두들겨 팰 시간이 온 거야, 난 놓치지 않을 거야, 구석구석을 다 찾아다닐 거야, 내게 침을 뱉던 놈들은 지금 어디 있지? 난 놈들을 전부 다 찾아낼 거야, 이제 더 이상 참지 않아도 되는, 우리 세상이 됐으니까, 친구들, 놈들을 없애 버리고, 그걸 세워서, 너희들이 그토록 오랫동안 참아왔던 것들을, 마음껏 즐기라고, 사방에 있는 놈들을 두들겨 패, 놈들의 살인자 같은 낯짝과, 사치스러운 예쁘장한 낯짝도 물에 처박아 버려, 그토록 오랫동안 자기들끼리만 즐기고, 우리를 갖고 놀았던 놈들을 말이야, 하지만 이 얘기도 잘 들어둬, 만약 너희들이 돌고 돌다가 어디선가, 기둥서방처럼 어깨가 벌어진 놈들을 만난다면, 어머니 배 속에서 방금 나와 길모퉁이에 버려져서, 무빙비 상대로, 의식도 없이, 기둥서방처럼 휘청거리며 돌아다니는 신경질적인 녀석을 만난다면, 그냥 내버려둬, 때리지 말고, 건드리지도 마, 녀석들은 우리가 보호해 줘야 할 어린아이에 불과하니까, 이게 내 생각이야, 그리고 장담하는데, 더 이상 질질 끌지는 않을 거야, 지금은 비록 우리가 돈도 없고, 직업도 없고, 오늘 밤 몸을 눕힐 방도 없지만 말이야, 그리고 넌, 아직은 조심해야 해, 누군가 네게, 너와 함께 있는 저 낯선 녀석은 누구냐 하고 물으면, 넌 몰라요, 몰라요, 라고 대답해야 해, 그래도 계속 다그치면, 넌 또 말해야 해, 모르는 사람이에요,

그저 내가 모퉁이를 돌 때 말을 건 사람일 뿐이라고요. 내게 하룻밤, 그것도 잠시 동안 머무를 방이 있는지 물어보더군요. 그 전에는 한 번도 본 적 없는 사람이에요, 라고 대답해야 해. 사실 난 멀리서 널 보고 있었어. 아직 어린 너를, 길모퉁이에 버려진 강아지 같은 너를, 바람이 조금만 불어도 날아가 버릴 것 같은 너를 말이야. 내가 한 번, 두 번, 세 번 너를 쫓아갔을 때, 그곳엔 텅 빈 거리와 비뿐이었어. 이번에도 또 널 놓치고 싶진 않았기에, 난 사소한 것들까지 신경을 쓰며 준비를 했지. 난 바보 같은 놈들이 길을 막아서지 않도록 했고, 놈들과 맞장구를 쳐주었고, 놈들이 지껄이는 헛소리를 듣는 척해 줬지. 뭐라고 하든 맞다고 하면서 말이야. 더러운 비와 슬픈 불빛만이 있는 매일 밤마다, 저 밖에서 녀석들이 하는 헛소리는, 얼간이들의 머릿속에만 존재하는 괴상한 새들에 대한 것뿐이야. 놈들이 하는 모든 말에 맞장구를 치려면, 자기 의견을 내놔야 해. 색깔도 만들어내야 하고, 그래서 나도, 놈들에게 내가 이방인이라는 걸 숨기고, 일반적인 문제들, 특수한 문제들, 유행, 정치, 이런 모든 것들에 대한 내 의견을 말했어, 난 잘 버텼어, 네게 말을 걸 때 내가 가진 수단들을 잃어버리지 않으려고 나는 계속 바람을 등지고 있었지, 그리고 생각했어, 바람의 방향을 느끼는 것보다, 방해가 되지 않도록 녀석들을 바람 부는 쪽에 두는 것보다 쉬운 일은 없다고, 무슨 일이 있어도 내 정체가 드러나선 안 됐어, 난 바짓가랑이 사이에 손을 얹어 내 물건을 꽉 잡고 잘 숨겼어, 오줌이 마려운 것도 참았지, 자칫 방심해서 거기에 물을 주다가 정체가 탄로 날 위험이 있었으니까, 그럼 놈들이 여지없이 내가 이방인이라는 걸 알아차리게 될 테니까, 그래도 한동안 난 잘 참고 있었어, 아무것도 밝혀주지 않는 이 이상한 불빛, 카페와 거리에서 수다를 떨고 있는 이 모든 사람들을 같은 시선과 같은 근심을 지닌 형제들로 만들어버리는 이 불빛, 그들에겐 낯선 근심을 지닌 사람을 숨겨

주기도 하는 이 불빛 속에서 말이야, 나의 은밀한
시선은 그들 너머를 찾고 있었어, 놈들과 마찬가지
로 계속 바람을 등진 채였지, 미소를 지으며 맞장
구를 치고, 꾸며낸 근심 속에 이미 반쯤은 취한 상
태로, 난 생각했어, 내 근심은 다른 곳에 있지만
난 그걸 감춰야 한다, 그러다 널 봤을 때, 난 달리
고, 달리고, 또 달렸어, 방해가 되는 사람은 아무
도 없었지, 내가 이미 준비를 해뒀으니까, 놈들
쪽에 속해 있었으니까, 내가 놈들과 다르다는 걸
감추고 놈들의 헛소리를 들어줬으니까, 내가 달아
나자 그제서야 놈들은 놀라기 시작했지만, 놈들이
정신을 차리고 내가 이방인이라는 걸 알아챘을 때,
날 쫓아오면서 헛소리를 해댈 때, 난 이미 길모퉁
이에 있었어, 놈들은 조금 전처럼 저 아래에서 날
붙잡을 준비를 하고 있었지만, 난 이미 네게 다가
가서 말을 걸었어, 네가 길모퉁이를 돌 때 난 널
알아봤어, 미안, 난 반쯤 정신이 나갔고 꼴도 말이
아니지만, 난 방을 잃었어, 난 딱 오늘 밤만 보낼

방을 찾고 있어, 밤새도록도 아니고 잠시면 돼, 시간이 좀 지나면 취한 게 깰 테니까, 오 분이면 돼, 취했으니 오 분만 달라고 난 네게 말했던 거야, 머릿속의 절반은 놈들의 헛소리들로 복잡했고, 나머지 절반은 오로지 네 생각뿐이었으니까, 유행, 정치, 월급 같은 문제들로 혼란스러운 상태로는, 널 쳐다볼 용기조차 낼 수 없었으니까, 내가 일하던 시절에, 내 월급은 내가 가둬둔 아주 작고 괴상한 새와도 같았어, 내가 새장 문을 살짝 열자마자 그놈이 갑자기 날아가서는 다신 돌아오지 않는 거야, 이제 할 일이라곤 그놈을 내내 원망하는 일밖에 없었지, 이제 난 더 이상 일을 하지 않아, 하지만 난 마침내 내 손으로 꽉 붙잡은 팔의 주인을 바라볼 것인지 아직 결정하지 못했어, 오 분만 달라고 부탁해야지, 정신을 차릴 수 있도록, 그런 다음엔 우린 자리에 앉을 거야, 내가 커피를 대접하고, 그를 내 맞은편에 앉혀야지, 내 등 뒤의 거울과 마주 보도록, 다른 건 다 잊고, 빌어먹을 비와 빌어먹을

불빛, 빈둥대는 얼간이들과 그놈들이 내 머릿속에
집어넣은 슬픈 색깔들도 다 잊고, 난 그를 바라볼
거야, 머리카락은 아직 젖었고 옷도 마르지 않았지
만, 용기를 낼 거야, 꼴이 이렇더라도 내가 할 수
있는 방법을 다 찾을 때까지 기다릴 거야, 난 오늘
밤 잠시 머무를 방을 찾고 있어, 내 방은 이젠 없
거든, 널 길모퉁이에서 보자마자 물어보고 싶었어,
나와 함께 빈둥거리던 저놈들 중 하나에게 물어봤
자 아무 소용도 없었을 테니까, 놈들과 내가 전혀
닮지 않았는데도(그건 아마 첫눈에 알 수 있을 거야),
내가 같이 노닥거렸던 건, 너무나 많은 이유들 때
문이었어, 방을 찾는 절반의 내 모습은 쭉 숨기고
있었지, 바보 같은 놈과 함께 처박히지 않아도 되
는 방, 내가 이방인이라는 걸 숨기지 않아도 되는
방, 유행과, 정치와, 월급과, 먹는 것에 대해 억지
로 얘기하지 않아도 되는 방 말이야, 똑같은 낯짝
에, 똑같은 걱정거리들을 가진 멍청한 프랑스 놈들
은, 빗속에서도 먹는 얘기, 바람을 등지고 서서도

처먹는 얘기만 해, 하지만 난 맞장구를 쳤어, 조금 있다 너에게로 자유롭게 달리고, 달리고, 달려가기 위해서, 난 먹는 게 질색인데도, 난 아무것도 먹지 않는데도, 나날이 점점 더 가벼워지고 있는데도, 저 밖에, 카페에, 둥글게 모여 있는 돼지들 몰래 내가 찾는 걸 찾기 위해 몸을 무겁게 하지 않는 나인데노, 난 맞장구를 치고 또 쳤어, 놈들의 먹는 얘기에 열중했어, 등 뒤에서 나를 흔드는 바람을 느끼면서, 돼지처럼 무거운 녀석들과, 놈들의 납덩이처럼 무거운 헛소리들에 매달려 있지 않았다면, 내가 가벼워진 만큼 바람이 날 날려 보냈을 거야, 내가 널 한 번, 두 번, 세 번 보았을 때 바람이 길모퉁이에서 널 사라져버리게 했듯이 말이야, 멀리서 네가 아직 어린아이라는 걸 보고, 난 모든 걸 팽겨쳤어, 바람이 날 들어 올렸고, 난 달렸어, 발이 땅에 닿는 것조차 느끼지 못할 정도로, 너만큼이나 빠르게, 이번엔 아무 방해물도 없어서, 마침내 네게 말을 걸 수 있었던 거야, 내가 달려와서

네 팔을 잡고 멈춰 세웠다고, 널 잘 알지도 못하면
서 네게 말을 건다고 날 호모라고 생각지는 마, 친
구, 나 혼자 간직할 수 없는 그런 얘기—다리 위
의 계집애 얘기—를 할 만큼은 널 알고 있어, 친
구, 게다가, 어느 호모가 옷과 머리가 흠뻑 젖은,
이렇게 엉망인 꼴로 말을 걸 용기를 내겠어? 지금
넌, 아직 제정신이 아닌 상태(곧 나아질 거야)의 날
보고 있어, 그리고 난, 첫눈에, 네가 얘기가 통하
는 상대라는 걸 알아봤지, 그 계집애의 진짜 이름
은 나도 몰라, 나한테 가르쳐준 건 자기 이름이 아
니었어, 그러니까 나도 그 계집애가 어떻게 생겼는
지 말하지 않을 거야, 도시 한가운데의 어느 다리
위에서, 하룻밤 동안, 누가 누구랑 잤는지는 아무
도 몰라, 흔적은 아직도 저기, 돌 위에 남아 있어,
네가 어디든 돌아다니다가, 어느 날 저녁 우연히,
강물 위로 몸을 구부리고 있는 어떤 계집애를 봤다
고 해봐, 네가 우연히 그 애 가까이 갔는데, 그 애
가 몸을 돌리면서 이렇게 말하는 거야, 내 이름은

마마야, 네 이름은 내게 말하지 마, 네 이름은 말하지 마, 넌 네 이름을 말하지 않고 그 애에게 이렇게 말하지, 어디로 갈까? 그 애가 네게 말해, 넌 어디로 가고 싶은데? 여기 그냥 있자, 응?, 그럼 넌 그냥 머물러, 새벽이 되어 그 애가 떠날 때까지, 난 밤새도록 이렇게 묻지, 넌 누구야? 어디 살지? 무슨 일 해? 다시 볼 수 있을까? 그 앤 강 위로 몸을 구부리고 말해, 난 절대 강을 떠나지 않아, 이 둑에서 저 둑으로, 이 다리에서 저 다리로 옮겨 다닐 뿐이야, 난 수로를 거슬러 올라갔다 다시 강으로 내려와, 난 배도 바라보고, 수문도 바라보고, 강바닥을 찾아보기도 해, 난 물가에 앉아 있거나 물 위로 몸을 숙이고 있곤 해, 난 다리나 둑 위에서만 얘기할 수 있어, 그 위에서만 사랑할 수 있어, 다른 곳에선 꼭 죽은 사람 같아, 하루 종일 지루해, 그래서 매일 저녁 난 물가에 돌아와서 해가 뜰 때까지 떠나지 않아, 그러더니 그 계집애는 도망쳐버렸어, 난 꼼짝도 못하고 그냥 가게 내버려뒀지(아침에, 다리 위엔, 사람들과 짧새들이 가득하거든), 난 정오까지 다리 한가운데에 그렇게 있었어, 그건 그 애의 진짜 이름이 아니었고 나도 내 이름을 말하지 않았으니, 그 밤에 누가 누구를 사랑했고, 누가 다리 구석에서 잠을 잤는지는 아무도 알수 없을 거야(정오가 되면, 시끄러운 소음과 짧새들로 가득 차서 다리 한가운데에 가만히 서 있을 수가 없어), 그리고 낮 동안 난 벽에다 썼지, 마마 사랑해 마마 사랑해, 그 애 눈에 띌 수밖에 없도록 벽이란 벽엔 모두 다, 난 밤새도록 다리 위에 있을 거야, 마마, 지난 밤의 그 다리 위에, 하루 종일, 난 미친놈처럼 뛰어다녔어, 돌아와 마마 돌아와, 난 미친놈처럼 썼어, 마마, 마마, 마마, 그리고 밤에는 다리 한가운데서 기다리다가, 아침이 되자마자 벽에 다시 쓰기 시작했어, 그 애 눈에 띌 수밖에 없도록 모든 벽에다가 썼어, 다리 위로 돌아와, 한번만 돌아와 줘, 딱 한 번이면 돼, 내가 널 볼 수있도록 일 분만 돌아와, 마마 마마 마마 마마 마마

112

마마, 빌어먹을, 난 바보처럼 하룻밤, 이틀 밤, 사흘 밤을, 그러고도 또 기다렸어, 다리란 다리는 다 뒤졌어, 밤마다 몇 번씩이나, 이 다리에서 저 다리로 뛰어다녔어, 수로를 제외하고도 다리가 서른한 개나 되더군, 그리고 낮엔 벽 위에 가득 썼어, 그애가 읽지 못했을 리가 없는데, 빌어먹을, 오지 않았어, 나신 오지 않을 거야, 하지만 난 계속 벽에다 써댔고, 계속 다리를 뒤지고 다녔어, 수로를 제외하고도 다리가 서른한 개나 돼, 그래도 물 위로 몸을 숙이고 있는 그 애를 찾을 수 없었어, 지금 난, 이런 이야기들은, 내 기분을 망쳐버려, 너무 오래 얘기했다 싶을 때가 되면 모든 게 뒤죽박죽이 되어버리니까, 난 너무 멀리 갔기 때문에 죽어버린 여자를 알고 있어, 그게 내 기분을 망쳐버려, 더 쉬웠다면 죽어버렸을 숫자, 방법이 있었다면, 그 방법을 두려워하지 않았다면, 더 멀리 나아갔을 숫자, 지나갔다고 결코 확신할 수 없는 숫자, 그건 오래 계속될 수도 있어, 언젠가 뭔가 부드러운 방

법을 만들어내서 모든 사람들에게 알려줄 수도 있
겠지만, 그건 항상 너무 멀리 나아가는 이야기들을
몰살하는 일이 될 거야, 그래, 빌어먹을 학살, 흙
을 삼키고 나서 모든 걸 치러낸 그 여자처럼, 그녀
는 묘지로 가서 무덤 옆의 땅을 팠어, 손에 흙을,
제일 깊숙한 곳의 흙을 쥐고 그걸 삼켰지——이런
얘기들에 귀를 기울인다면, 계속되게 내버려둔다
면, 아마 미쳐버리고 말 거야——왜냐하면 묘지의
흙은 관에 닿는 흙이니까, 죽은 자들을 차게 식혀
주는 흙아, 모든 걸 밑바닥까지 차게 만들어서 다
신 돌아오지 못하게 만드는 빌어먹을 버릇을 가진
흙아, 이 미친년을 차갑게 식혀다오!, 그 방법이
통한다고 그녀에게 말해 준 건 누구였을까? 묘지
한가운데서 죽을 때까지 흙을 삼키는 이 미친 창녀
에게, 누가?, 거기서 난 분명 그녀를 봤어——누군
가 그녀에게 그런 걸 알려줬다는 사실이, 내 기분
을 망쳐버려, 분명 다른 늙은 창녀였겠지, 비결을
알고 있는——빌어먹을 학살이지, 그것도 아주 부

드러운!, 하지만 모든 사람들이 다 흙을 먹는 건
아냐, 만약 누군가 방법을 찾아낸다면(흙 대신에 작
고 가벼운 가루라든가, 우리가 느낄 수도 없고, 누구에
게나 공짜인, 그래서 도가 지나쳤을 때도 편히 있게 해
주는), 사람들은 아주 작은 이야기에도 싸늘하게
식어버릴 거야, 그냥 내버려두면 어린 계집애들은,
아주 어린 계집애들은, 너무 멀리 가버리거든, 그
래서 우릴 완전히 돌아버리게 만들지, 하지만 내가
너한테 얘기한 그 여자는 창녀였어, 언젠가 밤에,
놈들의 거리에서, 5층 창가에 있는 그 여잘 본 적
이 있지, 그리고 난 묘지까지 그녀를 따라갔던 거
야, 창녀가 그럴 수 있다는 걸 어떻게 믿냐고?, 창
녀들도 미칠 수 있어, 이따가 너한테 그 창문을 보
여줄게, 그래서 이제 난, 차라리 선수를 치고 도망
가곤 하지, 너도 좋지? 잘됐군!, 여자가 말을 시작
하기 전에 도망치거나, 못 알아듣는 척을 해, 안
그러면 여자란 있는 얘기 없는 얘기를 다 늘어놔서
기분을 망쳐놓고 말거든, 그래서 난, 선수를 치는

게 더 좋아, 너도 괜찮아? 오케이!, 그리고 또 엄
청난 얘기들이 나오기 직전에, 마음 편히 도망치는
거야, 게다가, 알아야 할 걸 아는 데는, 깨달아야
할 걸 깨닫는 데는, 한 번이면 족하다고, 난 여자
랑 십만 년 동안 같이 살 수도 있어, 삼십만 년이
지난 후에도 내가 첫 경험 때 알게 된 것 외엔 더
아는 게 하나도 없더라도 말이야, 그래서 난 이렇
게 말하는 쪽이지, 맘에 들어? 가자!, 그러곤 빨리
끝내고 도망가 버려, 알아야 할 걸 알고, 생각해야
할 걸 생각하고, 거기에 내 의견을 보태면서 말이
야, 왜냐하면, 이봐, 너 무슨 생각 하는 거야? 여
자랑 자보지도 않고 어떻게 그 여자에 대한 의견을
가질 수 있겠어? 그 여자랑 하지도 않고 십만 년을
같이 살아봐, 넌 널 미치게 만드는 거창한 문장들
말고는 그 여자에 대해 아무것도 아는 게 없을 거
야, 하지만 그런 말들을 가지고 그 여자에 대해 뭘
알 수 있겠어?, 그녀가 전엔 어땠었는지 네가 모른
다면, 어떻게 움직이는지, 어떻게 숨 쉬는지 모른

116

다면, 만약에 그녀가 이야기하고 말썽을 일으킨다면, 혹은 반대로 네가 정말로 마음에 드는데도 여자가 아무 말도 하지 않고 버티며, 모든 걸 오직 너와 여자만의 비밀로 간직한다면, 섹스를 한 후에 여자가 어떻게 숨을 쉬는지, 눈은 뜨고 있는지 감고 있는지도 모르면서, 여자가 숨 쉬는 데 들이는 시간과 숨 쉴 때 나는 소리도 오랫동안 들어본 적 없으면서, 그리고 여자가 어디에 얼굴을 두는지, 지금은 얼굴 표정이 어떤지도 모르면서, 어떻게 누군가를 안다고 할 수 있겠어?, 여자가 숨을 쉬는 시간이 길면 길수록, 네가 움직이지 않고 숨죽인 채 거기에 귀 기울이는 시간이 길면 길수록, 넌 그녀에 대해서 더 많이 알게 되는 거야, 하지만 여자가 눈을 뜨고, 일어나서 턱을 괴고, 널 바라보고, 다른 사람들처럼 숨을 쉬기 시작하고, 이제 거창한 말들을 쏟아내려고 준비하고 있는 입을 열면, 난 도망쳐, 그리고, 좋아? 좋아!, 하지만 그날 저녁 난 창녀 거리에 혼자 있었어, 내가 아직 일을 하고 있었던 어느 금요일 저녁이었지, 토요일엔 일이 없었어, 눈을 들어 올렸을 때 난 5층 창가에서 완전히 맛이 간 것 같은 어떤 창녀의 머리를 보았지, 네가 원한다면 내가 말한 그 창문을 보러 같이 가보자, 난 혼자선 거기 가지 않아, 그 창문들을 보면 기분이 나빠지거든, 특히 오늘 같은 저녁엔 말이야, 내가 다른 날 저녁보다 금요일 저녁을 겁내서 그러는 건 아냐, 오히려 그 반대지, 이젠 일을 하지 않으니까, 금요일 저녁과 그 뒤에 이어지는 밤이 어땠었는지 그립기까지 해, 그다음 날 일할 필요가 없는 날의 저녁, 사람들마다 오만 가지 피곤함이 낯짝에 가득한데도 굴하지 않고, 흥분하고, 망가지는 저녁, 싸움질하는 것에 대해 떠들어대는 이곳 남자들은 말만 많았지, 실제로 싸우게 되는 데는 시간이 걸려, 우리 동네에선, 말도 필요 없이, 바로 주먹이 날아가, 수줍어하는 사람들이 아니거든, 그런데 여기선 끝없이 물어보기만 해, 나한테 뭐 용건 있어? 방금 뭐라고 했냐? 왜 그딴 식

으로 쳐다봐? 뭐가 그렇게 웃기냐? 너 지금 나 건
드렸냐?. 설사 정말 건드렸다고 해도, 놈은 또 1킬
로미터나 되는 시간 동안 진짜로 건드린 건지 물어
보지. 그러고 난 다음에야 덤벼드는 거야. 난 아무
것도 겁내지 않고 바로 날려버리는데 말이야. 내
말 진짜야. 어쨌든 바로 거기, 5층 창가에서, 난
낮이 간 창녀 하나가 창문을 열고 지기 어깨 너머
로 시선을 던지고 있는 걸 봤어. 여자는 창문을 부
드럽게 연 다음 잠시 안쪽으로 사라졌다가 다시 나
타났지. 머리는 완전히 미친 것 같았고, 팔엔 옷을
산더미같이 들고 있었어. 네가 너무 무서운 것만
아니라면 조금 이따 거기 가보자. 나랑 함께라면
겁낼 거 없어. 누가 말만 걸면 바로 날려버릴 거니
까. 어쨌든 창녀 거리에 있던 모든 사람들이 바지
하나가 마치 가방처럼 인도 한가운데로 떨어지는
걸 봤어. 그다음엔 빨간 윗도리가 낙하산처럼 떠다
녔고, 실크로 만든 것 같은 팬티와 셔츠가 가로등
에 걸려버렸고, 넥타이가 좌우로 흔들거리며 떨어

119

졌어, 사람들은 얼빠진 표정으로 창가에 기댄 창녀를 보고 있었지, 창녀는 옷들이 떨어지고 또 흔들리는 걸 보고 있었어——이제 그놈은 빨가벗었다, 빨가벗었다고!——인도 위에 떨어진 옷들과 가로등에 걸려 깃발처럼 펄럭이는 나머지 옷들을 쳐다보고 있던 거리의 모든 사람들이 수근댔어, 어떤 남자가 미친 여자를 덮쳤다고, 창녀들도 대담해지긴 했지만, 저 창녀는 도대체 어떻게 된 걸까, 창녀 거리에 있는 사람들조차도 의아하게 생각하기 시작했어, 어디로 갈까? 어디로 가지? 사람들은 옷깃을 세우고 모두 발걸음을 돌렸어, 어디로 갈까, 이제, 어디로 갈까, 그렇게 중얼거리면서, 마치 저 위의 누군가가 일주일 내내 그들이 있어야 할 구역을 지도 위에 표시해 놓기라도 한 듯, 금요일 저녁마다 창녀 거리로 나가는 문이 저절로 열리기라도 하듯이 말이야, 그렇지 않으면, 어디로 갈까, 다른 방법이 없어, 일을 안 하게 된 후로, 난 놈들이 자기들 지도 위에 우리 구역을 각각 연필로 표시해 놓고 그 안에 우릴 가둬놨다는 걸 전부 알게 되었지, 일주일 내내 일해야 하는 구역, 오토바이를 타는 구역과 여자들을 꼬시는 구역, 여자들의 구역, 남자들의 구역, 호모들의 구역, 슬퍼하는 구역, 수다 떠는 구역, 괴로워하는 구역, 금요일 저녁의 구역, 바로 그 금요일 저녁의 구역을 난 잃어버렸던 거야, 모든 길 뒤섞어 버렸기 때문에, 너한테 어떻게 설명해야 할지 모를 정도로 좋았던 그곳을 난 되찾고 싶지만, 내가 더 이상 일을 하지 않게 되고 놈들의 개 같은 지도 위에서 모든 게 뒤섞여 버린 후로, 난 그 좋았던 금요일 저녁, 다음 날 쉬어도 되는 그 저녁을 매일 저녁 찾아다녔어, 다리 위에서 섹스를 하기도 하고, 낯선 동네를 돌아다니기도 하고, 말로 표현할 수 없을 정도로 외로웠지, 거길 찾으러 나랑 같이 가자, 겁내지 않아도 돼, 난 망설임 없이 그 자리에서 날려버리니까, 게다가 금요일 저녁엔, 놈들도 지치고, 떠들어대고, 흥분해서 우리보다 더 겁을 먹고 있어, 겁이 나서 서로 욕하고, 겁이 나서 서로 치고받고, 주먹에, 다리에, 입에, 우리보다 더 많은 겁을 담아서 얼굴에 날려대는 거야, 우리가 자기들을 볼까 봐, 우리가 자기들을 보지 않을까 봐, 우리가 자기들을 비웃을까 봐, 우리가 자기들에게 아무 관심도 없을까 봐 겁을 내는 거야, 자기들을 너무나 닮은 다른 망나니들을 겁내고, 자기들을 조금도 닮지 않은 사람들을 더 겁내고 있어, 나랑 같이 가면, 창녀가 옷이 흔들리는 걸 바라보고 있던 창문을 보여줄게, 또 머리카락이 쭈뼛 선 화난 남자가 정신없이 걷고 있는 걸 보게 될 거야, 그 뒤에서는 창녀의 목소리가 들리지, 저놈 외투 속에 홀딱 벗었다, 외투 속에 홀딱 벗었다!, 남자는 자기 윗도리와 바지를 주워 들고, 잔뜩 화가 나서 가로등 위에서 깃발처럼 흔들리는 자기 셔츠와 팬티, 넥타이를 쳐다봐, 사람들은 옷깃을 세우고 혼자 중얼거리지, 어디로 가지? 어디로 가지? 창녀는 자기도 반쯤은 벗은 채로, 미친년처럼 남자 뒤를 쫓아가, 하지만 남자는 차에 올라타서 시동을 걸지, 창녀는 문에 매달리고 보닛 위로 올라가서 소리 질러, 이놈 못 가게 해요! 이놈 못 가게 해요!, 화가 머리끝까지 난 남자는 어쨌든 출발하려 하고, 주위를 둘러싼 사람들은 어깨 너머로 쳐다보며 멀어져가, 어디로 가나, 어디로 가나, 궁리하면서, 세상에, 심지어 창녀들까지도, 아무리 그래도 이렇게 창녀기 저럴 수가, 여자는 차에서 떨어져서는 바퀴 앞에 드러누워, 화가 난 남자는 어쩔 수 없이 차를 세우고, 미친놈처럼 클랙슨을 울려대, 하지만 창녀는 계속 차 앞에 누워 있고, 사람들은 옷깃을 세우곤 멀어져가, 도와줘요, 도와줘요, 저놈 못 가게 해요!, 사람들은 모두 떠나고, 늙은 창녀들 몇 명만 남아 있어, 그 여자에게 이런 방법을 알려준 게 저들 중 한 명일지도 모르지, 묘지로 가라, 흙에는 미친놈들과 미친 계집들을 차갑게 식혀주는 성질이 있단다, 아니면 누가 그따위 방법이 효과가 있다고 여자에게 알려줬을까? 이제는 그 거리에 혼자 가면 기분이 나빠, 늘 이렇게 묻게 되거든, 흙을 먹다가 죽어버린 창녀를 아시나요? 사람들은 날 미친놈 취급해, 5층의 창녀를 아세요? 기둥서방들을 불러 날 내쫓으려 하지, 하지만 난 그 여자를 봤어, 묘지에, 죽어 있는 걸, 그리고 친구, 이젠 그 생각만 하면, 속이 다 울렁거리는 것 같아, 술이 마시고 싶어(돈이 문제가 되지 않는다면 말이야), 여기서 도망치고 싶어(어디로 갈지 안다면 말이야), 얘기를 할 수 있는 방에 있고 싶어져, 친구, 여기서는 너한테 해야 할 말을 할 수가 없어, 다른 데로 가야만 할 것 같아, 주위에 아무도 없는 곳, 돈이라든지 빌어먹을 비 따위가 문제 되지 않는 곳, 풀밭이나 뭐 그런 데 앉아 있는 것처럼 편하게, 더 이상 움직일 필요도 없고, 시간도 여유롭고, 나무 그늘이 있는 그곳에서, 난 말할 거야, 여기가 내 집이야, 난 아주 편해, 난 잘 거야, 안녕, 하지만 친구, 이건 불가능해, 넌 사람들이 널 편하게 내버려두는 곳, 네가 안녕 하고는 자도록 내버려두는 곳 전에 어디서 본 적 있

어?, 그들은 널 절대 가만두지 않아, 친구, 걱정할
거 없어, 사람들이 돌봐 줄 거야, 네 엉덩이를 밀
면서, 가만 내버려두지 않지, 널 움직여야만 하니
까, 그들은 말해, 저기, 저리로 가, 저 아래, 저 아
래로 가, 잽싸게 엉덩이 움직여, 그리고 너는 짐을
싸지, 내가 일을 하던 시절에, 난 짐 싸는 일로 시
간을 보냈어, 일은 다른 곳에 있다, 늘 다른 곳에
있어서 찾으러 가야만 한다, 설명할 시간 없다, 멍
하니 있을 시간도 없다, 풀밭에 누워서 안녕, 하고
말할 시간도 없다, 놈들은 네 엉덩이에 발길질을
해서 쫓아버려, 일은 저기에 있다, 저 아래에, 더
멀리, 점점 더 멀리, 니카라과까지도 아무렇지 않
게 쫓아버릴 거야, 그런 나라 사람들은 아무렇지도
않게 우리의 엉덩이를 밀어버리고, 또 이곳으로 들
이닥치지, 말하는 것도 안 되고, 자는 것도 안 되
고, 멍하니 있는 것도 안 되고, 네가 일을 하고 싶
다면, 움직여, 그러면 일하게 해줄지도 몰라, 이곳
에 있는 바보 같은 우리들은 니카라과까지 엉덩이

를 차여가며 속수무책으로 쫓겨 가고, 저쪽에 있는 바보들은 어쩌지 못하고 이곳으로 들이닥쳐, 하지만 일은 늘 다른 곳에 있어, 그러니 절대 이렇게 말할 수 없지, 여기가 내 집이야, 안녕(그래서 난 어떤 곳을 떠날 때면 늘, 내가 지금 가게 될 곳보다 더 내 집 같았던 곳을 떠나는 기분이 들어, 그리고 사람들이 또 네 엉덩이를 밀어서 또 떠나게 되면, 새로 도착한 곳에서 너는 더욱 이방인이 되어버리는 거야, 그렇게 계속 반복되는 거지, 넌 점점 더 이방인이 되고, 점점 더 집에 있다는 느낌을 못 받게 되고, 사람들은 널 점점 더 먼 곳으로 떠밀고, 넌 네가 어디로 가는지도 알지 못해, 그리고 네가 늙어서 돌아왔을 때, 뒤를 돌아보면, 언제나, 언제나 사막뿐이지), 하지만 한번 멈춰 서서 이렇게 말해 봐, 엿이나 먹어, 난 움직이지 않을 테니 내 얘기나 잘 들어, 만약 제대로 한번 풀밭에 누워 설명할 시간을 가져본다면, 너도 네 얘기를 하고 니카라과에서부터건 다른 어디서건 쫓겨 온 사람들도 각자 자기 얘기들을 한다면, 우리 모두가 어느 정도 이방인이지만 서로 안녕 하고 말한다면, 이제, 각자 서로가 하는 얘기들을 조용히 듣는다면, 잘 알게 될 거야, 하지만 난 봤어, 놈들이 우리 말에 신경도 쓰지 않는다는 걸, 난 멈춰 서서 들었어, 그리고 혼자 다짐했어, 놈들이 우리에게 신경도 쓰지 않는 한, 난 더 이상 일하지 않겠어, 니카라과가 통째로 여기까지 온들, 내가 거기에 간들, 무슨 소용이 있을까, 어딜 가든 다 마찬가지일 텐데 말이야, 내가 아직 일을 하던 시절에, 난 어딘지도 모를 곳에서 엉덩이를 걷어차여 일을 찾아 여기로 들이닥친 모든 사람들에게 국제적 조합에 대한 나의 구상을 얘기했어, 그들은 내 얘기에 귀 기울였고, 또 난 니카라과 사람들이 그들의 고향에 대해 얘기하는 걸 들었지, 밤낮을 숲 언저리에서 보내는 한 늙은 장군이 있었어, 사람들은 그가 다른 데로 가지 않도록 먹을 걸 갖다줬지, 또 그가 움직이는 게 보일 때마다 총을 쏴댔기 때문에 그가 가진 총알이 떨어지자 사람들은 총알을

가져다줬어, 그들은 내게 그곳에서 자기 병사들로
숲을 에워쌌던 장군 얘기를 해줬어, 그들은 나뭇잎
위로 날아오르는 건 모조리 쏴버리고, 숲 기슭에
나타는 것, 나무와 색이 다르거나 자기들과 같은
방식으로 움직이지 않는 건 눈에 띄는 대로 쏴버렸
다는 거야, 그들은 내 얘기를 들었고 난 그들 얘기
를 들었지, 난 생각했어, 다른 데도 다 마찬가지
야, 내가 계속해서 쫓겨날수록, 난 더욱더 이방인
이 될 거야, 그들은 여기서 끝장나고 난 거기서 끝
장나겠지, 그곳에선 움직이는 모든 것들은 산속에,
호숫가에, 숲 속에 숨어 있어, 한편 장군은 병사들
과 함께 산속을 휘젓고, 호숫가를 뒤지고, 모든 숲
을 포위하고 있지, 그리고 움직이는 모든 것들을
향해, 돌이나 물, 나무와 같은 색깔, 같은 움직임
을 갖지 않은 모든 것들을 향해 총을 갈겨대, 그게
내가 들은 얘기야, 그래서 난 멈췄어, 더 움직이지
않을 거야, 이렇게 말을 해, 여기가 내 집이다, 일
자리가 없다면 일을 하지 않을 거다, 일이 나를 미

치게 만들거나 사람들이 내 엉덩이를 걸어찬다면 일을 하지 않을 거다, 난 눕고 싶다, 한 번이라도 제대로 설명을 하고 싶다, 난 풀밭과 나무 그늘을 원한다, 그들이 내게 총을 쏜다 할지라도, 결국 그렇게 되어버리겠지만, 난 항의하고 싶고, 그럴 수 있기를 바란다, 동의하지 않는다면, 입을 열고 싶다면, 숲 속 깊은 곳에 납작 엎드려야 해, 우리가 움직이는 걸 보자마자, 놈들이 기관총으로 우릴 끝장내 버릴 테니까, 하지만 소용없는 일이지, 이미 너에게 할 말들은 다 해버린 후일 테니까, 이곳에 선 그럴 수가 없지만, 다른 곳에서라면, 잠시라도 함께 밤을 보낼 방만 있으면 가능할 거야, 왜냐하면 난 아침이 되기 전에, 네가 지겨워하기 전에 떠날 거거든, 난 때가 되면, 네가 도망치고 싶어지기 전에 떠날 거야, 넌 내가 지겨워지면, 내게 준비할 시간도 주지 않고 날 버리고 떠날 테니까, 난 그렇게 예민한 놈도, 그런다고 뭐 어떻게 될 놈도 아냐 (그러니까 넌 네가 하고 싶은 대로 하면 돼), 하지만 난 아주 거친 놈들을 알고 있어, 네가 아는 한, 세상에서 제일 거친 놈들, 얼굴에 아무 표정도 없고, 피도 아무것도 두려워하지 않고 주먹을 날리는, 그 무엇에도 무감각한 놈들(흥분했을 땐 우리에게 신경도 쓰지 않는, 개중 나은 부류의 거친 놈들이지), 만약 네가 싸움을 하는 도중이 아니라 그저 평온한 가운데 놈들의 팔을 작은 바늘로 찌른다면, 그래서 갑자기 피 한 방울이 나오는 걸(조용한 가운데, 흥분하지 않은 상태에서, 정말 아무 이유 없이 흐르는, 자기들의 피를) 놈들이 본다면, 그중에서 제일 덩치 좋은 놈조차 얼굴이 하얘지며 기절해 버릴 거야, 그까짓 걸 차마 못 쳐다봐서 고개를 돌릴 거야, 하지만 난 예민한 놈이 아니야, 게다가 네가 너무 빨리 도망쳐 버린다면 그건 단지 그런 이유 때문이 아니라 내가 아무 짝에도 쓸모없다고 생각하기 때문일 거야, 오늘은 그렇게 생각할 수도 있으니까, 오늘은 일이 잘 풀리지 않았으니까, 늘 만족스러워하고, 늘 즐길 준비가 되어 있는 이곳 놈들과는 달리, 난 정말로 만족할 수가 없거든, 내 머릿속에는 항상 어떤 이야기들이 숨어 있다가 문득문득 떠오르곤 해, 기관총이 무서워서 아무것도 감히 움직이지 못하는 숲 이야기, 소식도 듣지 못한 채 묻어버린 창녀 이야기, 하지만 이곳 놈들의 머릿속엔 아무것도 없어, 언제나 만족할 준비, 즐길 준비, 자기들이 할 수 있는 긴 언제 어디서라도 모두 누릴 준비만 하고 있으니까, 시시한 수작 말고는 아무 생각이 없으니까, 멍청한 프랑스 놈들은 하나같이 자기들 구역에서 시시한 수작을 즐길 준비나 하고 있지, 놈들 머릿속엔 그걸 막아보려는 생각은 조금도 없어, 사방에서 발광할 준비를 하고, 우릴 엿먹일 준비나 하는 더러운 개자식들, 하지만 내 머릿속엔 이야기들이 있어, 그게 소용없다는 얘기가 아냐, 다만 내가 그 이야기들 때문에 절대로, 완전히 즐길 수는 없는 놈이라는 거지, 가끔은 나도 기분이 좋아, 아주 좋아, 네가 날 떠나지 않고, 나에게 시간도 있는 지금처럼 말이야, 하지만 머릿속에서는 늘 슬퍼, 너한테 이 얘기를 어떻게 해줘야 할지 모르겠으니까, 이런 얘기조차 네가 지겨워할 수도 있으니까(오늘은 어쩌면 내가 아무 짝에도 쓸모없는 놈일지도 모르니까, 하지만 언젠가는), 그래서 네가 이야기가 다 끝나기도 전에 도망가 버릴 수도 있으니까, 그래, 난 예민한 놈이 아니지만(넌 네가 하고 싶은 대로 해도 돼), 이젠 모르겠어, 니카라과의 숲에 숨겨진 나무가 아니라면 그 무엇이라도 되고 싶은 건지, 주위에 온통 정렬한 병사들이 기관총을 들고 겨누면서 움직임을 주시하는 가운데서도 나뭇잎 위로 날아오르고 싶어 하는 하찮은 새가 되고 싶은 건지, 어쨌든 내가 너에게 하고 싶은 얘기는, 여기서는 그걸 말할 수 없다는 거야, 우린 누울 수 있는 풀밭을 찾아야 해, 머리 위로 하늘이 펼쳐져 있고, 나무 그늘도 있는 풀밭을, 아니면 우리만의 시간을 가질 수 있는 방이라도, 하지만 내가 단지 방을 찾고 있을 뿐이라고 네가 생각한다면, 그건 아니야, 난 졸리지 않아, 하룻밤 지낼 방을 찾는 것보다 쉬운 일은 없어, 거리는 방을 찾는 사람들과 방을 주려는 사람들로 가득 차 있으니까, 또 내가 단지 이야길 하기 위해 그러는 거라고 생각한다면, 아니야, 난 밖에 있는 저 바보들처럼 그게 필요한 게 아니야, 난 놈들과 달라, 난 남자라고, 얘기하는 것보다는 예쁜 계집애를 쫓아다니며 쳐다보기나, 이니면 그냥 쳐다만 보는 게 더 좋지, 예쁜 계집애를 쳐다만 보면 됐지, 뭐 하러 다른 걸 하겠어, 그리고 내가 남자긴 하지만, 계집애를 보는 것 보단 혼자 걷는 게 더 좋아, 그거면 내 소일거리로 충분해, 난 사는 동안 그저 돌아다니고만 싶어, 가끔씩 뛰기도 하고, 벤치에서 멈추기도 하고, 때론 천천히 때론 빨리, 아무 말 없이 걷고 싶어, 하지만 넌 달라, 처음 보자마자 알았어, 이제 난 네게 모든 걸 설명해야만 해, 난 이미 시작했으니까, 넌 도망가지 않았고 날 바보처럼 내버려두지도 않았으니까, 지금 내 꼴이 아주 더럽고, 머리와 옷도 마르지 않았지만, 그래서 등 뒤의 거울에 내 모습을 비춰보고 싶지도 않지만 말이야, 그런데 넌 비에 젖지도 않았어, 비는 널 피해 지나갔고, 시간도 널 피해 지나갔어, 바로 그렇기 때문에, 내 생각은 옳았어, 넌 어린아이일 뿐이야, 모든 게 널 비껴가고, 아무것도 움직이지 않고, 아무것도 더러운 꼴을 하고 있지 않아, 난 거울을 피해, 난 널 계속 바라봐, 변하지 않는 너를, 돈이 문제가 되지 않았다면, 난 네게 커피 대신 맥주를 사줬을 텐데, 그럼 우린 정말 기분이 좋아졌을 거야, 저녁때가 되면서부터 내가 하고 싶었던 것처럼, 둘 다 몇 잔씩 마셨을 거야, 난 이미 한 잔, 또 한 잔, 셋, 넷, 이젠 기억도 나지 않지만 어쩌면 그 이상을 마셨어, 내가 써버리고 싶었던 돈을 지금 몽땅 쓸 수도 있었을 거야, 놈들이 바로 조금 전에 내게서 그 돈을 뺏어 가지만 않았더라면 말이야, 난 밤새도록 네가 마시고 싶은 만큼 맥주를 마실 수 있게 해줄 돈이 있었어, 우릴 기분 좋게 해줄 돈 말이야, 하지만 놈들이 지하철에서 내 돈을 뺏어 갔어, 그런 더러운 꼴을 당하고 나니, 저녁을 보낼 돈이 남아 있지 않았어, 겨우 커피 두 잔을 살 수 있을 정도의 푼돈만 내 앞주머니에 남았지, 사실 놈들을 쫓아서 뛰어갔던 건 나야, 마치 그런 꼴을 당하길 바라기라도 한 것처럼, 결국 놈들은 내 돈을 빼앗았고, 난 얼굴을 얻어맞았지, 지하철역 안에는 건달 두 놈이 있었어, 누가 봐도 그렇게 생긴 낯짝이었지, 뭔가 말썽거리를 찾는, 말썽을 일으킬 놈들, 옷을 쫙 빼입고 폼 잡고 있는 놈들, 난 놈들을 쫓아가면서 생각했어, 같이 맥주 한잔하면 좋을 거야, 난 그렇게 잘 빼입은 놈들을 보면 늘 쫓아가서 둘 중의 아무 놈에게나 이렇게 말하고 싶었거든, 네 옷, 네 신발, 네 머리카락, 네 몸짓과 낯짝을 내게 줘, 아무것도 손대지 말고 있는 그대로, 그럼 난 네가 원하는 걸 줄게(그놈이 그런 것들을 다 줬다고 해도, 난 몸을 돌려서 내가 어떤 꼴인지 볼 엄두조차 내지 못했을 거야), 놈들은 몸을 돌리지 않았어, 날 보지도 않았지, 난 놈들에게서 시선을 떼지 않았고, 놈들을 따라 지하철에 올라타며 생각했지, 내가 놈들에게 한턱 낸다고 하자, 맥주 한잔을 마시고, 같이 저녁을 보내는 거야, 그럼 아무도 시비 걸 일 없겠지, 하지만 그런 생각을 하는 동시에, 내 등 뒤에서 둘 중의 한 놈이 내 바지 주머니에 손을 넣어서 지갑을 꺼내는 게 느껴졌어, 난 금방 움직이지는 않았지, 속으로 이런 생각을 하니 용기가 나는 것 같더군, 자, 싸우지 말자, 저놈들한테 얘길 하면 안 먹힐 리가 없어, 난 돌아서서 말했어, 오케이, 바보짓 하지 마, 내가 너희들에게 한턱 낼 테니까 맥주나 한잔하자, 그러고 나서 같이 뭘 할까 한번 생각해 보자고, 서로 시비 걸 일 없잖아, 내 뒤에 있던 건달 녀석이 자기 친구를 쳐다봤어, 그러더니 둘 다 마치 날 못 본 것처럼 아무 얘기도 안 하더군, 오케이, 둘 다 바보같이 굴지 말라니까, 내 돈을 돌려주면 한잔 살게, 얘기나 좀 하면서 계속 같이 놀자니까, 놈들은 이해가 안 된다는 듯이 계속 서로 쳐다보더니, 조금씩 눈짓으로

합의를 본 것 같았어, 놈들이 입을 열더니 다른 사람들한테까지 다 들릴 정도로 점점 큰 소리로 떠들기 시작했어, 여전히 나를 보지도 않으면서 말이야, 이놈 뭐 하자는 거야? 우리한테 시비 거는 거야 뭐야? 이거 뭐 하는 놈이야? 왜 우릴 귀찮게 구는 거지?, 놈들은 나를 문 쪽으로 밀었어, 다음 역에서 이 호모 자식을 내리게 해서 자살내 버리자, 그래서 난 놈들에게 말했어, 오케이, 일단 돈을 돌려줘, 그럼 아무 일도 없는 걸로 할게, 하지만 놈들이 말했어, 이 호모 자식, 조금만 기다려라, 작살을 내버릴 테니, 아무도 나서려 하지 않았어, 다들 돈 얘기는 믿지 않고 내가 호모라는 말만 믿었지, 그래서 난 아무도 꼼짝하지 않는 가운데 다음역에서 끌려 나갔어, 놈들은 마치 내가 지구상의 마지막 호모라도 되는 듯 실컷 두들겨 패더니, 내 돈을 갖고 달아나더군, (내가 소릴 질러봤지만 아무도 믿지 않았어), 난 바로 움직이지는 않았어, 일단, 흥분하지 말자, 벤치 위에 앉아서 움직이지 말

고 그대로 있자, 난 주월 둘러보았고, 그게 다였지
만, 좀 나아졌어, 내 등 뒤로 멀리서 음악 소리가
들려왔고, 복도 저쪽 끝에선 거지가 구걸하고 있었
어, (오케이, 친구, 하지만 일단은 움직이지 말자),
정면에, 반대편 승강장에는, 온통 노란 옷만 입은
미친 노파가 날 보고 웃으며 신호를 보내고 있었
어, (눈도 잘 보이고, 귀도 잘 들리고, 다 멀쩡한 것
같군), 위쪽 난간에서는 어떤 아줌마가 갑자기 걸
음을 멈추고 숨을 고르고 있었어, 내 바로 옆에는
어떤 아랍인이 앉아서 아랍어로 나지막하게 뭔가
노래를 부르고 있었어, (난 생각했지, 친구, 절대로
흥분하지 마), 그리고 내 앞에서, 난 똑똑히 봤어,
머리가 등까지 내려오는, 잠옷을 입은 계집애가 주
먹을 꽉 쥐고 내 앞을 지나가고 있었어, 하얀 잠옷
을 입고, 그런데 바로 내 앞에서 표정이 일그러지
더니 질질 짜기 시작하는 거야, 그 앤 그렇게 헝클
어진 머리에, 주먹은 꽉 쥐고, 잠옷을 입은 채로,
승강장 끝까지 걸어갔어, 갑자기 난 모든 게 지긋

지긋해졌어, 이번엔 정말로, 더 이상 참을 수가 없
었어, 난 넌더리가 났어, 이 세상 전체가, 각자 한
구석에 자기만의 이야기를 품고 있는 이 모든 사람
들이, 그들의 꼬락서니가, 이 모든 것들을 견딜 수
가 없었어, 다 두들겨 패고 싶었어, 난간을 붙잡고
있는 아줌마도, 두들겨 패고 싶었어, 혼자서 뭔가
를 부르고 있는 아랍 놈도, 두들겨 패고 싶었어,
내 등 뒤에, 저 복도 끝에 있는 거지도, 맞은편의
미친 노파도, 그 꼬락서니들이, 이 모든 난장판이
지긋지긋해졌어, 역 반대편 끝에서 계속 질질 짜고
있는 잠옷 입은 계집애도, 패버리고 싶었어, 난 두
들겨 패고 싶었어, 늙은이들, 아랍 놈들, 거지들,
타일 붙인 벽들, 지하철 열차들, 검표원들, 짭새
들, 죄다 부숴버리고 싶었어, 자판기들, 벽보들,
불빛들, 빌어먹을 냄새, 빌어먹을 소음, 난 이미
마신 맥주를, 배가 꽉 차서 더 이상 들어갈 수 없
을 때까지 또 마실 맥주를 생각했어, 친구, 모든
게 끝날 때까지, 모든 게 멈출 때까지, 죄다 박살

내고 싶은 욕망을 끌어안고 앉아 있었어, 그런데
갑자기 모든 게 정말로 멈추더군, 지하철도 더 다
니지 않고, 아랍 놈도 입을 다물고, 위쪽의 아줌마
도 숨을 멈추고, 잠옷 입은 계집애도 더 이상 훌쩍
거리지 않았어, 갑자기 모든 게 멈춘 거야, 오직
음악만이 멀리서 들려오고 있었어, 미친 노파가 입
을 열더니 끔찍한 목소리로 노래를 하기 시작했고,
아무도 거들떠보지 않는 거지가 저쪽에서 연주를
했지, 여자는 또 거기에 맞춰 노랠 불렀어, 둘은
마치 준비라도 해 온 것처럼 서로 화답하고 화음을
맞췄어(오페라의 한 대목인지, 뭐 그런 종류의 헛소리
였는데 정말 끔찍한 음악이었지), 둘의 합주 소리가
어찌나 컸던지, 다른 모든 게 다 멈춰버리고 노란
옷 입은 노파의 목소리만 역 안에 가득했지, 난 생
각했어, 오케이, 이제 일어나서 역을 가로질러 뛰
어가자, 계단을 올라가서 지하를 벗어나자, 밖으로
나와서도 난 뛰었어, 여전히 맥주 생각을 하면서,
난 달렸어, 맥주, 맥주, 또 생각했어, 정말 개판이

군, 오페라 장단, 여자들, 차가운 땅바닥, 잠옷 입
은 계집애, 창녀들, 묘지, 난 달렸고 아무 감각도
없었어, 난 이런 난장판 속에서 풀밭 같은 걸 찾으
려 했어, 비둘기들이 숲 위로 날아오르면 병사들이
총을 쏘고, 거지들이 구걸을 하고, 쫙 빼입은 건달
들은 쥐새끼들을 사냥하고, 난 달리고, 달리고, 달
리고, 아랍인들끼리만 아는 비밀 노래를 상상하고,
그러다 널 발견해서 네 팔을 잡았어, 난 정말 방을
원하고 난 흠뻑 젖었어, 마마 마마 마마, 아무 말
도 하지 마, 움직이지도 마, 난 널 바라볼래, 널
사랑해, 친구, 친구, 난 이 난장판 속에서 천사 같
은 누군가를 찾아 헤맸어, 그리고 네가 여기 있어,
널 사랑해, 그리고 남은 건, 맥주, 맥주, 난 어떻
게 이 얘기를 해야 할지 아직도 모르겠어, 이런 개
판, 이런 쓰레기 같은 세상, 친구, 그리고 언제나
비, 비, 비, 비"

(1977)

욕망의 미로 속에서 길 찾기, 말 걸기

1980년대 이후 프랑스 연극에서 베르나르마리 콜테스(Bernard-Marie Koltès)라는 이름은 하나의 두드러진 현상처럼, 더 나아가 하나의 '신화'처럼 여겨지고 있다. 또한 그의 연극은 30개 언어로 번역되고 47개 국가에서 공연될 정도로 프랑스 바깥에서도 지속적인 관심과 주목을 받고 있으며, 콜테스는 지난 20여 년 동안 가장 많이 읽히고 공연된 프랑스 작가로 자리 매김 하기에 이르렀다. 1989년 에이즈로 41세의 짧은 생을 마감하기까지 그가 남긴

열네 편의 희곡은 공연이 거듭될수록 의미의 울림을 더해 가고 있으며, 사후에도 그의 초기 습작들과 각색 작품들, 소설, 에세이 등이 꾸준히 출판되면서 '콜테스 현상'이 이어지고 있다. 이렇듯 서양 문화권은 물론 세계적으로 많은 연극인들을 사로잡고 있는 콜테스 연극의 매력과 성과는 무엇에서 기인하는가? 한창 작품 활동을 할 시기에 작가가 세상을 떠난 탓에 이에 대한 논의는 여전히 진행 중이지만, 콜테스가 자신의 전 시대 극작가인 사뮈엘 베케트(Samuel Beckett)와 장 주네(Jean Genet)에 뒤이어 현대연극을 대표하는 작가라는 평가에는 이의가 없는 듯하다.

콜테스의 고통스럽고 강렬했던 삶은 그의 작품 세계를 이해하는 데 중요한 단서들을 제공해 준다. 1948년 프랑스 동부의 메스에서 태어난 베르나르마리 콜테스는 비교적 안정된 가정에서 정상적인 교육 과정을 거치며 성장했다. 그러나 그는 사춘기가 끝날 무렵부터 극심한 혼란과 불안에 휩싸이게 되는데, 이때 어머니에게 보낸 편지에서 이렇게 고백하고 있다. "난 어떤 영원한 정신적 불균형 속에서만 미래를 받아들여요. 그러한 미래에 있어서 안정이란 죽은 시간일 뿐 아니라 진정한 죽음이죠." 닫힌 세상으로부터 느끼는 권태, 프랑스 내외부에서 일어난 사건들로 인한 충격, 그리고 뉴욕과 아프리카 여행을 통해 접한 새로운 세계 등은 콜테스가 성년으로 가는 길목에서 '불균형'과 고통을 체험하게 한 요인들이었다. 고전 희극작가 몰리에르와 요절한 천재 시인 랭보의 작품을 읽으며 문학적 감수성을 키운 그가 연극을 처음 접하게 된 것은 당대 최고의 여배우 마리아 카자레스가 공연한 「메디아」를 통해서였다. 이후 그는 스트라스부르의 연극 학교에서 연출과 각색을 공부하며 셰익스피어, 도스토예프스키, 고리키 등의 작품들을 무대에 올린다. 20대에 공산당 입당과 탈당, 한 차례의 자살 시도, 마약중독으로 인한 약물 치료 등의 사건을 겪은 콜테스는 여전히 삶에 뿌리를 내리지 못한 모습을 보인다. 그가 택한 것은 오히려 새로운 세계를 찾기 위한 방랑이었다. 그는 니카라과, 과테말라, 엘살바도르, 말리, 나이지리아 등과 같은 비(非)서양 문화권 나라들을 방문하며 흑인과 동성애, 레게와 랩 뮤직 등에 많은 관심을 갖게 된다. 콜테스의 시선은 이렇듯 그가 속한 '지금-여기'의 문화와 사회가 아닌, '다른 곳'과 주변인들을 향하고 있었으며, 이는 그의 작품 속에 다양한 모습으로 투영된다. 1979년 연출가 파트리스 셰로(Patrice Chéreau)와의 만남은 극작가 콜테스에게 있어 하나의 전환점이라고 할 수 있다. 콜테스의 작품에서 동시대인의 은밀한 욕망과 고독, 그리고 독창적인 연극적 글쓰기를 발견한 셰로는 그를 파리 중앙 무대에 알리는 데 결정적인 역할을 했으며, 이후 콜테스의 대표작이 될 「검둥이와 개들의 싸움」, 「서쪽 부두」, 「목화밭의 고독 속에서」, 「사막으로의 회귀」 등 네 작품을 성공적으로 연출함으로써 유럽 연극계에 새로운 지평을 열게 된다. 그러나 1983년에 처음으로 발견

된 에이즈의 징후는 콜테스를 차츰 절망과 고통으로 몰아넣었으며, 그는 끝내 1989년 파리에서 짧은 생을 마감하고 만다. 미소년 같은 순수한 얼굴 속에 깃든 고독과 반항, 비극적 운명, 고통스러운 절규와도 같은 그의 텍스트…… 작가가 세상을 떠난 후 콜테스라는 이름은 차츰 이러한 의미들을 내포하는 하나의 상징이 되었으며, 특히 젊은 세대들의 반응은 '콜테스 신화'를 형성할 정도로 열광적이었다. 또한 '콜테스의 재발견'은 연극인들에게 1980년대 이후 하나의 중요한 화두가 되었으며, 그에 대한 연구와 공연이 끊이지 않고 있다.

콜테스가 등장하기 전까지 프랑스 연극은 '연출가의 시대' 혹은 '공연의 시대'라고 할 만큼 대작가의 부재가 두드러지던 시기였다. 제2차대전 이후 연극계를 주도해 온 사뮈엘 베케트, 외젠 이오네스코(Eugène Ionesco) 등의 이른바 '부조리극'은 애초부터 공통된 연극적 전망을 표방하지 않은 독자적인 작업이었고, 주네의 제의적인 텍스트들 또한 연출가의 역량과 무대가 뒷받침될 때에만 공연적 성과를 거둘 수 있었다. 이와 더불어 브레히트가 이끄는 베를리너 앙상블(Berliner Ensemble)의 파리 공연이 남긴 충격은 이전까지의 '닫힌 연극', '엘리트 연극'에 대한 전면적인 반성을 촉구하였고, 그 결과 장 빌라르(Jean Vilar), 로제 플랑숑(Roger Planchon)과 같은 연출가들에 의해 더 많은 대중을 위한 '민중 연극'이 1960년대 이후 주된 경향으로 자리 잡게 되었다. 결국 연극의 흐름이 텍스트(희곡) 위주에서 공연 위주로 바뀌면서 앙투안 비테즈(Antoine Vitez), 아리안 므누슈킨(Ariane Mnouchkine), 피터 브룩(Peter Brook)과 같은 뛰어난 연출가들이 각광을 받게 되었고, 극작가의 입지는 더욱 좁아질 수밖에 없었던 것이다. 이러한 맥락에서 콜테스가 지니는 연극사적 의미는 1980년대 이후 프랑스 연극계에 다시금 '작가의 시대', 그리고 '텍스트의 시대'를 열어놓은 데 있다고 할 수 있다. 그러나 이는 극작가와 연출가, 문학과 공연 사이의 해묵은 논쟁과

147

대립의 축가 어느 한쪽으로 기울었음을 의미하지는 않는다. 콜테스에게 있어서 말과 행위는 애초부터 분리된 것이 아니었으며, 거침없고 정확하면서도 울림이 풍부한 그의 글쓰기는 분명 연극적 리듬과 움직임을 내면에 지니고 있기 때문이다. 또한 그의 연극은 현대사회의 첨예한 문제들——전쟁, 차별, 억압, 소외, 고독 등——을 다루면서도 현상적인 관찰을 넘어서서 개인과 집단, '나'와 타인의 관계가 지닌 뿌리 깊은 욕망과 갈등을 보여준다. 콜테스 연극은 결국 '짐승의 시간과 공간' 속에 홀로 떨어진 개인이 고통스럽게 길을 찾으며 타인에게 말을 건네는 절박한 외침이라고 할 수 있을 것이다. 그리고 그것이 지닌 신비로운 힘과 호소력은 세계의 많은 관객들을 사로잡으며 공감대를 넓혀가고 있다.

「숲에 이르기 직전의 밤」(1977)은 콜테스에게 있어 이전의 작품들과 구분되는, 진정한 의미에서의 첫 작품이라고 할 수 있다. 작가 스스로도 이 점에 대해 훗날 이렇게 밝힌 바 있다. "「숲에 이르기 직전의 밤」과 그 전 작품들 사이에는 아주 분명한 단절이 있다. 무엇보다 긴 시간, 3년의 공백이 있었고, 그 3년 동안 나는 아무것도 하지 않았으며 더 이상 글을 쓰지 않으리라고 생각했었다. 그리고 내가 다시 글을 쓰기 시작했을 때, 모든 것이 달라져 있었고 그것은 완전히 다른 작업이었다." 실제로 이 작품은 이전까지의 습작이나 각색 들과는 달리 콜테스가 진정한 자신의 목소리를 담아낸 첫 희곡으로 볼 수 있으며, 1978년 아비뇽 연극제의 오프 공연에서 첫선을 보인 후 1981년 파리의 오데옹 극장에서 공연됨으로써 콜테스라는 새로운 극작가의 탄생을 알린 작품이다.

이 작품이 지닌 가장 큰 특징은 전체가 단 하나의 문장으로 이루어진 독백이라는 점이다. 더 정확히 표현하면, 대화 상대자가 없는 일반적인 '독백'이 아니라 보이지 않는 누군가에게 끝없이 말을 거는 일방적인 대화, 즉 대화(관계)에 들어가기 위한 준비행위라고 할 수 있다. 화자인 "나"를 통해 드러난 이 작품의 기본 상황은 단순하지만 이야기의 전개는 숨 가쁘고 불연속적이다. 한 남자가 비 오는 밤의 어느 거리에서 보이지 않는 다른 한 남자, "너"에게 말을 건다. 나는 너의 모습을 발견하고 달려가 "친구"라고 부르며 밤을 같이 보낼 "방"을 찾자고 제안한다. 나에 의하면, 거리를 가득 메운 타인들은 모두 나와 너를 위협하는 위험한 존재들이며, 그들 위에 있는 더 커다란 집단의 하수인들일 뿐이다. 그 집단은 지금까지 노동을 통해, 여자를 통해, 폭력과 돈을 통해 나를 압박해 왔으며, 나는 "국제적 규모의 조합"을 만들어 그들에게 대항하고자 한다. "멍청한 프랑스 놈들"은 여러 가지 모습으로 이곳뿐 아니라 전 세계의 모든 곳에 존재하며 "이방인들"을 장악하고 있기 때문이다. 나는 니카라과에서 온 동료들이 들려준 미친 장군의 이야기를 한다. 그는 병사들과 함께 "숲"을 포위하고 그 안에서 움직이는 모든 것들에 가차 없이 사격을 가한다. 결국 이방인인 한 어딜 가든 다 마찬가지일 뿐이다. 도시라는 이 가혹한 정글 속에서 나는 누구와도 진정한 관계를 맺지 못한다. 다리 위에서 사랑을 나눈 "마마"는 나에게 돌아오지 않았고, 역시 거리에서 우연히 알게 된 "5층의 창녀"는 묘지에서 흙을 먹고 죽었다. 그래도 더러운 빗속에서, "이런 개판"과 "쓰레기 같은 세상" 속에서 "천사 같은 누군가"를 끝없이 찾아 헤매던 나는 마침내 어리고, 약하고, 비에 젖지 않은 순수한 너를 발견한다. 그래서 너를 향해 달리고 또 달려와 너를 잡고 방에, 혹은 "풀밭"에 앉아 사랑을 얘기하고자 한다. 그러나 이 모든 말을 자꾸 달아나려고만 하는 너에게 어떻게 전할 수 있을까⋯⋯「숲에 이르기 직전의 밤」은 이렇듯 쉴 새 없이 끊어지고 또 반복되는 거친 호흡의 말들을 통해, 한 주변인의 절망과 반항, 그리고 지독한 고독 속에서 타인과의 '관계 맺기'를 욕망하는 모습을 담아내고 있다.

사회적 맥락에서 볼 때, 이 작품은 현대사회와

문명에 대한 콜테스의 비판이 비교적 명백하게 드러난 경우라고 할 수 있을 것이다. 즉 '개인 - 이방인 - 노동자 - 국제 조합'과 '집단 - 정치인 - 정부 - 자본가 - 군대 - 경찰'이라는 두 축이 부당한 힘의 관계를 이루며 대립하고 있고, "그들"에 의해 끝없이 추방당하는 나는 머물 곳을 찾지 못하고 언제나 길 위를 떠돌고 있는 것이다. 따라서 잠시나마 안정과 휴식을 줄 수 있는 '나의 방'에 대한 욕망은 더욱 절실해지고 나는 니카라과의 '숲'을, 혹은 그 어떤 '풀밭'을 꿈꾼다. 그러나 일종의 낙원이고 모태와도 같은 이 숲은 결코 다다를 수 없는 '다른 곳'이며, 나는 언제나 그 바로 앞에서, 야만적인 밤의 어둠 속에서 고통스럽게 비명을 지를 뿐이다. 이제 유일한 위안은 나와 함께 이런 대화를 나눌, 최소한 나의 얘기를 들어줄 너를 찾는 일이다. 따라서 타인에게 말을 거는 것은 이 연극의 유일하면서도 가장 절실한 행위가 되지만, 문제는 이 타인의 존재 자체가 불확실하다는 데 있다. 너는 과연 실재하는 인물인가? 나의 고독과 욕망이 만들어낸 허상에 불과한 것은 아닌가? 결국 독백과 대화의 경계에 위치하고 있는 이 작품은 진정한 대화(관계)의 이전 단계라고 할 수 있을 것이다. 분명한 것은 '연극 - 공연'이라는 시스템 안에 있는 한, 이 작품의 나는 자연스럽게 관객을 향해 말을 걸고 있다는 사실이다. 한 편의 소설에 가까운 이 텍스트가 무대 위에서 진정한 호소력과 생명력을 지니게 되는 것은 바로 그러한 이유 때문일 것이다. 그러나 공연적인 측면에서 보았을 때, 특별한 휴지기도 없이 길고 불규칙한 하나의 문장으로 이루어진 이 작품은 배우에게 커다란 도전이라고 할 수 있다. 1994년 크리스티앙 프레드릭(Kristian Frédric)의 연출로 「숲에 이르기 직전의 밤」이 공연되었을 때, 관객들은 배우 드니 라방(Denis Lavant)의 모습에서 텍스트의 성공적인 재현을 확인할 수 있었다. 레오스 카락스(Leos Carax)의 영화 「나쁜 피」, 「퐁네프의 연인들」에서 부유하는 젊은 세대의 초상을 연기했던 드니

라방이 「숲에 이르기 직전의 밤」이 담고 있는 한 소외된 이방인의 불안한 절규와 몸짓을 훌륭하게 소화해 냈기 때문이다. 단순한 현실 비판을 넘어서서 인간 존재의 뿌리 깊은 고독에 대한 근본적인 성찰을 유도하는 이 작품은 난해한 텍스트에도 불구하고 공연이 거듭될수록 현대 1인 극의 새로운 고전으로 자리 잡고 있다.

「목화밭의 고독 속에서」(1987)는 콜테스의 작품들 중 희곡으로서도, 공연으로서도 가장 성공적인 연극으로 평가받는 대표작이라고 할 수 있다. 「숲에 이르기 직전의 밤」이 끝내 대화를 이루지 못한 독백으로 이루어진 데 반해, 「목화밭의 고독 속에서」는 일면 그다음 단계에 초점을 맞추고 있는 것처럼 보인다. 무대의 시간과 공간, 그리고 배우들의 동작에 대한 아무런 지시도 없는 이 연극은 오직 두 인물 간의 치열하고 현란한 대화로만 이루어져 있기 때문이다. 이 대결의 축을 이루고 있는 것은 1차

적으로 '파는 자'와 '사는 자' 사이의 사회 - 경제적
인 관계라고 할 수 있다. 콜테스는 작품의 서두에
서 이러한 관계를 "딜(deal)"이라고 정의 내리고 있
다. 작가에 의하면 딜은 정상적이고 합법적인 교환
과는 달리 어둠의 시간과 공간에서 "딜러"와 "손
님" 사이의 암묵적 합의와 약속에 따라 은밀하게
이루어지는 금지되거나 통제된 상거래를 의미한다.
콜테스가 이렇듯 딜이라는 행위가 기본적인 상황을
이루는 작품을 구상하게 된 계기는, 연출가 셰로에
의하면 작가가 뉴욕에서 체험한 일화로부터 기인한
다. 어느 날 밤 창고 근처를 배회하고 있던 콜테스
에게 한 남자가 다가와 "네가 원하는 건 뭐든지 있
다. 코카인, 헤로인, 엑스터시……."라고 말을 걸
자 그는 이렇게 대답했다. "난 아무것도 원하지 않
아……." 도시의 뒷골목에서 흔히 부딪치게 되는
이러한 상황으로부터 콜테스는 '나'와 타인 간의
관계를 이루는 본질을 발견하고, 이에 대한 철학적
이고 집요한 성찰을 담은 연극「목화밭의 고독 속

에서」를 구상했던 것이다.

작품은 콜테스가 겪은 실제 사건과 마찬가지로 한 딜러가 불현듯 자신에게 찾아온 손님에게 말을 거는 것으로부터 시작한다. 딜러는 손님에게 원하는 게 무엇인지 집요하게 묻고, 그 욕망이 어떠한 것이든 자신이 제공할 수 있다며 거래를 제안한다. 손님은, 자신은 우연히 이곳까지 오게 된 것뿐이며, 아무것도 원하는 게 없고, 스스로의 욕망이 무엇인지조차 알 수 없으므로 딜러가 먼저 가진 것들을 보여줄 것을 요구한다. 딜러는, 자신의 역할은 타인의 욕망에 이름을 붙여주고, 그럼으로써 그 심연을 메워주는 것이라고 주장하며 손님 또한 부여받은 역할을 해줄 것을, 그리하여 진정한 관계를 맺기를 갈망한다. 손님은, 자신은 어떠한 기억도, 뿌리도, 따라서 욕망도 없음을 거듭 밝히며, 본색을 드러내지 않은 채 무리한 요구만 거듭하는 딜러의 위선과 무능력을 비난한다. 자신의 호의와 기다림이 좌절된 것에 대한 보상을 요구하는 딜러와 각자의 영역을 고수할 것을 주장하는 손님은 끝내 화해에 이르지 못하고 파국으로 치닫는다.

이렇듯 이 연극은 마치 운동경기에서 양 팀이 한 번씩 공격과 수비를 번갈아 가며 하듯, 상대방을 설득하기 위한 노력과 필사적으로 그 공격을 방어하려는 시도 사이를 오간다. 이때 그들의 '말'은 때로는 창이, 때로는 방패가 되면서 다른 모든 행위를 대신하는 유일한 무기로써 기능한다. 그러나 딜러와 손님의 대화가 진정한 의사소통을 이루지 못하고 언제나 미로 속에서 힘겹게 맴도는 가장 결정적인 이유는 딜을 가능하게 할 "욕망"의 대상이 불확실하기 때문이다. 즉 손님이 자신에게 부여된 '사는 자 / 요구하는 자 / 욕망하는 자'의 역할을 거부하기 때문에 딜러와의 관계가 애초부터 어긋나고 있는 것이다. 과연 손님은 무엇을 찾아 딜러에게 왔는가? 딜러가 제공해 줄 수 있는 욕망의 대상은 과연 어떤 것인가? 두 인물 모두 이에 대한 답을 모르거나, 미루거나 혹은 부정하는 탓에, '파는 자'와 '사는 자'의 대립항은 대화를 거듭할수록 각자의 영역만을 확인하고 고수할 뿐이다. 따라서 '지하의 공간-짐승의 시간-곡선의 우회-어둠의 영역'에서 타인을 욕망하는 딜러와 '도시의 공간-인간의 시간-직선의 이동-빛의 영역'에서 스스로의 욕망조차 부정하고 "제로" 상태에 머물고자 하는 손님은, 서로를 굴복시키려는 집요한 노력에도 불구하고 결코 화해될 수 없는 '나'와 '너'의 절망적인 관계를 확인하게 되는 것이다. 이러한 의미에서 딜러는 「숲에 이르기 직전의 밤」의 '나', 즉 '말을 거는 자/제안하는 자'의 다른 모습이라고 볼 수 있을 것이다. 딜러 또한 "밤"과 "거리"에 속한 주변인이고, 타인과의 관계 맺기를 열망하고 있기 때문이다. 반면 손님은 「숲에 이르기 직전의 밤」에서 등장하지는 않은 채 끝없이 언급만 되던 '너', 즉 대화 상대자의 모습이 비로소 구체화된 인물이라고 볼 수 있을 것이다. 두 경우 모두 상대방의 일방적인 '구애'를 받는 입장이며, 연극의 배

경이 되는 시간과 공간에 속해 있지 않은, 따라서 외부에 대해 순수성과 '처녀성'을 간직하고 있는 인물이기도 하다. 그러나 「목화밭의 고독 속에서」를 통해 모습을 나타낸 타인의 실체, 즉 손님은 오히려 딜러보다도 더 철저한 이방인이며 어떠한 유혹에도 흔들리지 않는 지독한 자기 세계의 소유자로 드러난다. 딜러가 자신의 '뿌리 - 어머니 - 기억'을 긍정하고 자신의 역할에 자부심까지 지니고 있는 데 반해, 손님은 자신을 규정해 줄 수 있는 모든 것들을 거부하는 부정의 인간이며 '부재'의 인간이기 때문이다. "난 그저 제로이고 싶습니다. (……) 정의할 수 없는 시공간인 이 시간과 이 장소의 끝없는 고독 속에서 우린 혼잡니다." 손님이 딜러의 공손함을 비웃으며 차라리 화를 내라고 종용하는 것은 아무 이유도, 의미도 없는 이 만남을 한시라도 빨리 파국으로 이끌기 위함이다. 서로의 말과 의도와 욕망을 흡수해서 무화시켜 버리는 이 '목화밭의 고독 속에서', 손님과 딜러는 결국 마지막 대결을 준비한다. "그럼, 이제 어떤 무기를?" 말을 통한 설득이 실패한 이상, 남은 무기는 육체적인 싸움을 통해 상대방을 굴복시키는 일일 뿐일 것이다. 그리고 극적 갈등이 비로소 행위로 이어지려는 순간, 연극은 막을 내린다. 콜테스가 보여주고자 했던 것은 '나'와 타인 사이에 놓인 심연과 그것이 극복되지 못하는 과정이지, 그 결과가 아니기 때문일 것이다. 그 결과는 연극이 아니라 현실을 통해, 이 세상의 전쟁과 폭력과 범죄와 죽음을 통해, 너무도 익숙하게 보여지고 있지 않은가……

「목화밭의 고독 속에서」는 또한 콜테스의 글쓰기가 지닌 매력과 힘의 정수를 느끼게 하는 작품이다. 다양한 비유와 은유, 그리고 가정법으로 이루어진 그의 대사들은, 때론 거칠고 때론 무거우리만치 진지하지만 구체적이고 살아 있는 말들 속에서 그 의미에 대한 철학적 성찰을 요구하고 있다. 그러나 이렇듯 치열한 말들의 대결로만 이루어진 연극에서 어떻게 '연극성'을 찾아낼 것인가? 콜테스의 동료였으며 그의 진가를 세상에 알리는 데 결정적인 역할을 한 연출가 셰로는 이 작품을 세 번에 걸쳐 무대에 올리면서 그 해답을 찾아나간다. 이 작품을 이해하는 열쇠는 결국 딜의 대상을 어떻게 설정하느냐의 문제라고 분석한 셰로는 첫 공연에서는 마약 거래에, 두 번째 공연에서는 동성애 코드에 초점을 맞춘 바 있었다. 그러나 그런 식으로 딜의 성격을 단정 짓는 것이 작품이 지닌 풍부한 해석의 가능성을 제한한다고 판단한 셰로는 1995년 세 번째 공연에서 마침내 바라던 해답을 찾았고, 이 공연은 엄청난 성공을 거두며 현대연극의 컬트적인 무대로 꼽히게 된다. 그는 딜러와 손님 간의 적대적 관계에만 주안점을 두었던 이전과 달리, 세 번째 공연에서는 각자가 은밀하게 숨기고 있는 욕망을 축으로 이루어지는 힘의 관계에 대한 형상화를 의도했다고 밝힌 바 있다. 즉 이 작품에서 가장 많이 등장하는 단어인 '욕망'의 대상을 애초부터

이름 붙일 수 없는 성격의 것으로 상정함으로써 욕
망 그 자체의 움직임을 보여주고자 했던 것이다.
이때 두 인물의 모든 시선과 동작은 상대방의 욕망
에 다가서거나 그로부터 벗어나려는 은밀한 움직임
이 되고, 작품은 결국 '욕망에 대한 욕망'(딜러)과
'욕망의 부재' 혹은 '부재에 대한 욕망'(손님) 사이
의 대결로 집약되는 모습을 보인다. 셰로는 또한
이 공연에서 원작에는 없는 두 번의 휴지기를 두었
다. 그의 설명에 따르면, 첫 번째 마당에서는 딜러
가 힘의 관계를 이끌지만, 두 번째 마당에서는 관
계가 역전되고, 세 번째 마당에서는 결국 파국으로
치닫게 된다. 첫 번째 휴지기에서, 배우들은 마치
팽팽한 권투경기의 1라운드가 끝났을 때처럼 각자
의 코너로 돌아가 물을 마시고, 내면에 쌓인 욕망
을 분출하듯 레게 음악에 맞춰 함께 춤을 춘다. 그
러나 두 번째 휴지기에서, 차츰 짙어가는 절망을
확인한 그들은 마지막 라운드를 남겨놓은 선수들처
럼 허탈하게 공이 울리기를 기다린다. 셰로의 세

번째 「목화밭의 고독 속에서」 공연에서 가장 주목할 만한 점은 마지막 장면의 처리일 것이다. 콜테스의 텍스트가 손님의 "그럼, 이제 어떤 무기를?"이라는 대사로 끝나는 데 반해, 세로의 공연에서는 그 대사 이후 두 인물들이 서로 뒤엉켜 싸우는 것으로 막을 내린다. 이 연극이 화해의 출구가 없는 나와 너의 관계를 보여주고 있음을, 그리고 그것을 확인한 인물들에게 그들의 유일한 무기였던 말이 더 이상 유효할 수 없음을 감안한다면, 세로의 과감한 해석은 타당한 것으로 받아들여진다. 아무런 준비도 없이 이야기가 시작되었다가 마침내 인물들이 싸움에 이르는 순간 막을 내리는 이 연극은, 결국 승자도 패자도 없는 나와 너의 대결을 극명하게 보여주고 있다. 이렇듯 서로의 욕망이 끝내 화해될 수 없는 것은 작품의 마지막에서 각자 고백하듯이, 욕망 자체가 부재하거나 나의 욕망에 이름을 붙일 수 없기 때문이 아닌가? "사랑이란, 자신이 가지고 있지 않은 어떤 것을, 그것을 원하지 않는 누군가에게 주는 것"이라는 자크 라캉의 말은, 나와 너의 관계가 내포하고 있는 원초적인 오해를, 욕망의 '목화밭' 안에서의 절대 고독을 설명하고 있는 것은 아닌가? 욕망함으로써 절망하지만 욕망함으로써만이 살아갈 수 있기에, 콜테스가 던진 '내가 은밀하게 지니고 있는 욕망의 이름은 무엇인가?'라는 화두 앞에서, 그 헤어날 수 없는 미로 속에서, 많은 연극인들과 관객들 또한 고민하고 있는지도 모른다.

「숲에 이르기 직전의 밤」의 이방인, 「목화밭의 고독 속에서」에서 어둠의 시간과 공간 속을 부유하는 딜러와 손님은 콜테스의 다른 작품들에 등장하는 인물들과 마찬가지로 현대사회의 주변인들이다. 「검둥이와 개들의 싸움」에서 형제의 시신을 찾으려는 흑인 노동자와 그것을 거부하는 백인 고용주, 「서쪽 부두」에서 자살을 꿈꾸는 인물과 그를 둘러싼 버려진 부둣가의 소외된 이방인들, 「사막으로의 회귀」에 등장하는 알제리 전쟁의 후유증을 겪고 있는 아랍인들, 그리고 「로베르토 주코」의 연쇄 살인범 주코에 이르기까지, 콜테스의 인물들은 20세기 이후 서양 중심으로 전개되어 온 역사의 어두운 뒷모습과 상처를 대변하고 있다. 그러나 콜테스 연극이 지니는 보편성은 그러한 동시대의 사회 - 경제적 맥락을 넘어서 인간 내면의 뿌리 깊은 상처와 고독, 그리고 욕망을 담아내고 있기 때문이나. 「숲에 이르기 직전의 밤」과 「목화밭의 고독 속에서」는, 등장인물들의 수도 비교적 많고 말보다는 극적인 사건들이 주를 이루는 작가의 다른 작품들에 비해 콜테스의 세계가 더욱 농축되고 정제된 연극이라고 할 수 있을 것이다. 화려한 영상 이미지들과 가짜 욕망들이 홍수를 이루는 시대에서, 콜테스는 현대 연극이 고수해야 할 진지함과 진정성을 보여준다. 그의 연극은 1970~1980년대를 온몸으로 살아낸 한 젊은 세대의 고통스러운 고백이고 절규에 다름 아니다. 21세기에도 그의 외침은 여전히, 어쩌면 그

때보다 더욱, 동시대인들을 향하고 있다.

2005년 9월

임수현

작가 연보

1948년　4월 9일 프랑스 메스(Metz)에서 출생. 아버
　　　　지는 인도차이나, 알제리 등 프랑스 식민
　　　　지에서 근무한 직업 군인이었음.("난 아버
　　　　지를 거의 알지 못했다.") 소시민 가정에서
　　　　기독교(예수회) 교육을 받으며 성장.

1960년　피아노 공부를 하며 바흐, 쇼팽 등의 음악
　　　　에 심취.

1964년　랭보의 작품들로부터 영향을 받은 시 습작
　　　　시작.

1968년 5월 혁명에 직접 참여하지 않고 사태의 추
이를 관찰함. 캐나다와 미국 여행.

1970년 스트라스부르에서 세네카의 「메디아」 공연
을 관람하면서 여배우 마리아 카자레스의
연기에 매료됨.("나의 첫 번째 충격은 「메디
아」에 나온 카자레스였다. 그것이 내가 글을
쓰게 된 이유였다.") 부두 극단(Théâtre du
Quai) 창단. 고리키의 「유년 시절」을 각색
한 「씁쓸함 Les amertumes」 집필, 연출. 이
후 수년간 각색 작업. 스트라스부르의 국
립 연극 학교(TNS)에 입학.

1971년 구약성서의 아가(雅歌)에서 모티브를 따 온
「발걸음 La marche」 집필. 도스토예프스키
의 「죄와 벌」을 각색한 「미친 소송 Procès
ivre」 공연.

1972년 「유산 L'héritage」을 발표하여 프랑스퀼튀르
(France - Culture) 라디오방송에 소개. 파리
에 자주 드나들기 시작.

1973년 「죽은 이야기들 Récits morts」을 발표하여 스트라스부르에서 공연. 소설 「아주 멀리 도시 속으로 말을 타고 달아나기 LA FUITE À CHEVAL TRÈS LOIN DANS LA VILLE」 집필 시작. 파트리스 셰로가 연출한 마리보의 「논쟁」을 관람, 새로운 충격을 받음. 러시아 여행.

1974년 「들리지 않는 목소리늘 Les voix sourdes」을 프랑스퀼튀르에서 소개. 공산당 가입.

1975년 자살 기도. 마약중독.

1976년 파리에서 약물 치료. 「아주 멀리 도시 속으로 말을 타고 달아나기」 완성.

1977년 미국 작가 샐린저의 소설들로부터 영감을 받은 연극 「살랭제 Sallinger」를 발표하여 리옹에서 공연. 「숲에 이르기 직전의 밤 LA NUIT JUSTE AVANT LES FORÊTS」을 집필하여 아비뇽 연극 축제의 오프 공연에서 무대에 올림. 이전과는 다른 새로운 창

작 시작. ("나는 1972년부터 글을 썼지만,
1977년에야 진정으로 글을 쓰기 시작했다.")

1978년 남미(니카라과, 과테말라, 엘살바도르) 여행.
첫 아프리카(나이지리아) 여행. 공산당 탈당.

1979년 말리와 코트디부아르 여행. 과테말라에 머
무는 동안 「검둥이와 개들의 싸움Combat
de nègre et de chiens」 집필. 연출가 파트리
스 셰로와 만남.

1980년 밥 말리의 공연을 보며 레게 음악에 심취.

1981년 「숲에 이르기 직전의 밤」이 파리의 오데옹
극장에서 공연. 뉴욕 체류.

1982년 뉴욕에서 「검둥이와 개들의 싸움」이 영어
로 공연.

1983년 낭테르 시의 아망디에 극장에서 셰로의 연
출로 「검둥이와 개들의 싸움」 공연. 극작
가 장 주네, 하이너 뮐러와 만남. 에이즈
의 징후가 처음으로 발견. 「서쪽 부두Quai
ouest」 집필 시작.

1984년 세네갈 여행. 『아주 멀리 도시 속으로 말
        을 타고 달아나기』가 콜테스의 작품들 중
        처음으로 출판.

1985년 『서쪽 부두』 출판. 암스테르담에서 네덜란
        드어로 「서쪽 부두」 공연.

1986년 낭테르에서 셰로의 연출로 「서쪽 부두」 공
        연. 『목화밭의 고독 속에서 *Dans la solitude
        des champs de coton*』출판. 아비뇽 연극 축
        제에서 「타바타바 Tabataba」 공연. 하이너
        뮐러가 「서쪽 부두」를 독일어로 번역. 소
        설 「프롤로그 Prologue」 집필 시작, 미완성
        으로 남음.

1987년 낭테르에서 셰로의 연출로 「목화밭의 고독
        속에서」 공연.

1988년 「사막으로의 회귀 Le retour au désert」 집필
        시작. 셰익스피어의 작품을 번역한 『겨울
        이야기 *Le conte d'hiver*』출판. 파리에서 셰
        로의 연출로 「사막으로의 회귀」 공연 및

출판. 신문에서 연쇄 살인범 로베르토 수코(Roberto Succo)의 사진을 본 후「로베르토 주코Roberto Zucco」집필 시작.

1989년 「로베르토 주코」 완성. 멕시코와 과테말라, 리스본 여행. 병이 악화되어 파리로 돌아옴. 4월 15일 파리에서 사망. 몽마르트르 묘지에 안장.

1990년 베를린에서 「로베르토 주코」 공연 및 출판.『검둥이와 개들의 싸움』출판.

1991년 파리 근교에서 「로베르토 주코」 공연. 실제 살인범 수코가 경찰에 의해 사살당한 샹베리에서는 공연이 금지됨.『프롤로그』출판.

1995년 셰로의 연출로「목화밭의 고독 속에서」재공연. 유럽 순회공연 이후 콜테스 연극의 대표적 공연으로 자리 잡음.『살랭제』출판.

1998년 『쓸쓸함』,『유산』출판.

1999년 담화집 『내 인생의 일부분 UNE PART DE MA VIE』출판.

세계문학전집 **124**

목화밭의 고독 속에서

1판 1쇄 펴냄 2005년 9월 20일
1판 22쇄 펴냄 2022년 9월 29일

지은이 베르나르마리 콜테스
옮긴이 임수현
발행인 박근섭, 박상준
펴낸곳 (주)민음사

출판등록 1966. 5. 19. (제 16-490호)
서울특별시 강남구 도산대로1길 62(신사동) 강남출판문화센터 5층 (우편번호 06027)
대표전화 02-515-2000 팩시밀리 02-515-2007
www.minumsa.com

한국어 판 © (주)민음사, 2005. Printed in Seoul, Korea

ISBN 978-89-374-6124-8 04800
ISBN 978-89-374-6000-5 (세트)

세계문학전집 목록

세계문학전집은 계속 간행됩니다.